KB028325

마지막 질주

아름다운 청년, 존 베이커

마지막 질주

권영섭 지음

사과나무

마지막 질주

1판 1쇄 인쇄 | 2009년 1월 20일

1판 1쇄 발행 | 2009년 1월 30일

지은이 | 권영섭

펴낸곳 | 도서출판 사과나무

펴낸이 | 권정자

본문디자인 | 디자인모아

등록 | 1996년 9월 30일(제11-123)

주소 | 경기도 고양시 행신동 샘터마을 301-1208

전화 | (031) 978-3436

팩스 | (031) 978-2835

e-메일 | bookpd@hanmail.net

값 9,800원

ISBN 978-89-87162-86-7 03810

머리말

최고의 선생님에게 헌신적인 보살핌을 받은 행복한 아이들의 이야기

존 베이커는 1마일과 크로스컨트리 경기의 유망주로서, 1972년 뮌헨 올림픽 출전을 준비하던 중, 고환암으로 26세에 생을 마감해야 했던 청년이다. 이 이야기는 한 아름다운 청년이 어떻게 자신의 생에 최선을 다했고 자신이 가르치던 아이들에게 헌신했는가를 보여주는 이야기이다.

존 베이커는 어렸을 때 주목받지 못하던 아이였다. 또래보다 키도 작고 덩치도 작아서 학교 육상팀에 들어가기에는 코치의 눈에 들지 않았다. 하지만 육상팀에 들어간 뒤 출전한 첫경기에서 그는 예상을 깨고 우승했다. 달리면서 베이커는 스스로에게 물었다. "나는 지금 최선을 다하고 있는가?" 그는 바로 앞 주자의 등을 응시하고 오직 한 가지 생각만 했다. "이 주자를 따라잡아 앞선다. 그리고 다음 주자를 따라잡고 앞선다." 그것은 일종의 자기 최면이었다. 이후 베이커는 뉴멕시코 주에서 가장 잘 달리는 선수가 되었고, 이때 그의 나이는 18세도 채 되지 않았다.

뉴멕시코 주립대학을 졸업한 베이커는 여러 대학에서 코치 자리를 제안 받았지만, 이전부터 아이들을 가르치고 싶어했기에 에스펜 초등학교의 체육교사로 부임했다. 동시에 올림픽 출전을 위한 훈련을 시작했다.

에스펜 초등학교에서 베이커는 스타 운동선수로서가 아닌 또 다른 면모를 보였다. 그는 학생들 한명 한명에게 관심과 사랑을 쏟았다. 아이가 운동 능력이 떨어져도, 장애가 있어도 전혀 문제가 되지 않았다. 오로지 아이들에게 최선을 다할 것을 당부했다. 그는 모든 학생들에게 최선을 다한 것이 1등을 한 것과 똑같다며 리본을 만들어 달아주었다. 아이들은 그가 화내는 모습을 한번도 보지 못했다. 그리고 자신들에게 문젯거리가 생기면 언제나 코치 베이커에게 달려가 의논했다. 그러면 베이커는 아이들의 문제를 자신이 풀어야 할 가장 중요한 문제로 생각했다. 그는 아이들을 대하는 어떠한 일에도 사랑과 헌신을 담아 행동했다.

25세가 되던 해, 베이커는 운동중 몹시 피로한 것을 느꼈다. 2주 후에는 가슴에 통증이, 한달 후에는 사타구니에서 심한 통증을 느껴 잠을 깨었다. 고환암이 다른 신체 부위로 퍼져나가고 있었다. 두 번의 수술 후에도 6개월밖에 살 수 없을 것이라고 의사는 예상했다. 그는 이제 올림픽에 참가할 수도, 달리는 것조차도 할 수 없었다. 체육 교사 계약도 만기가 되었다.

수술을 앞두고 베이커는 앨버커키 동쪽의 샌디아 산 정상을 향했다. 낭떠러지 바로 앞에 차를 세우고, 자신으로 인해 앞으로 힘들어할 가족들을 생각했다. 바로 이 순간에 그 괴로움을, 그리고 괴로움의 원인인 자신을 끝낼 수 있다고 생각했다. 그는 벼랑을 향해 차를 몰았다. 그러나 갑자기 그의 눈앞에 아이들이 떠올랐다. "나는 학생들에게 항상 최선을 다하라고 가르치지 않았던가? 지금 내 행동이 그들에게 어떤 영향을 끼칠 것인가?"

베이커는 영혼 깊은 곳에서 부끄러움을 느끼고 오랫동안 운전대에 엎드려 울고 말았다. 잠시 후 그는 더 이상 두렵거나 괴롭지 않았다. 그에게는 오직 평온한 마음만이 있었다. "내가 생을 다하는 날까지, 나의 아이들에게 헌신하겠다."

산을 내려오는 베이커의 얼굴에는 영혼에서 우러나오는 평온한 미소가 번졌다.

수술과 항암치료 후, 에스펜 학교와 재계약을 하면서 그는 자신의 교육 프로그램에 새로운 것을 추가했다. 그것은 운동 능력이 뒤처지는 아이들을 스포츠 활동에 포함시키는 것이었다. 경기장 밖에서만 있어야 했던 그들은 이제 '트랙 담당 부코치' '공식 장비관리자' '출발 신호원' 같은 스태프가 되었다. 그애들은 만성 기관지염으로 뛰지 못하거나, 장애로 휠체어를 타는 아이들이었다. 그들은 모두 유니폼을 입고, 직함이 적힌 리본을 달았는데, 리본은 베이커 자신이 저녁마다 집에서 만든 것들이었다. 학부모들은 베이커 코치에게 수많은 감사의 편지를 보내왔다.

"내 아들은 아침에 깨워 학교 보내는 게 너무 어려워 '아침괴물'이라고 불릴 정도였는데, 지금은 학교에 가고 싶어 안달입니다. 그는 '운동장 정리 최고책임자'입니다."

"우리 아이가 에스펜 학교에 슈퍼맨이 있다는 주장을 나는 믿지 않았는데, 학생들과 함께 있는 코치 베이커를 봤을 때 비로소 우리 아이가 옳았다고 생각했습니다."

"다른 학교에 있을 때 우리 손녀는 너무나 철이 없었습니다. 에스펜으로 전학을 온 뒤 베이커 코치는 그애에게 최선을 다했다며 A를 주었습니다. 우리 손녀 같은 소심한 아이에게 자긍심을 심어준 이 청년에게 신의 축복을…."

그해 12월, 정기 진료를 받은 베이커는 의사에게 목의 통증과 두통을 호소했다. 이미 종양이 그의 목과 뇌까지 퍼져 있었다. 베이커는 시합때 오로지 상대방의 등만을 보고 뛰며 고통을 참아냈듯이 힘든 암의 통증을 참아내고 있었다. 의사는 진통제를 맞을 것을 제안했지만, 베이커는 고개를 저었다. "내가 할 수 있는 한 내 아이들과 함께 있고 싶습니다. 진통 주사는 내가 아이들에게 즉각적으로 응대할 수 없게 할 것입니다."

1970년 초반, 베이커는 앨버커키 소재 초등학생에서 고등학생까지의 소녀들로 구성된 작은 육상클럽 '듀크시의 질주자들' 팀 코치를 맡아 달라는 요청을 받았다. 그는 에스펜 학생들에게 한 것처럼 헌신적으로 육상팀을 지도했으며 소녀들은 열정을 가지고 새로운 코치를 맞이했다.

하루는 베이커가 상자 하나를 가져왔다. "자 이 박스에는 두 개의 상이 있는데, 하나의 상은 오늘 연습에서 가장 잘한 선수에게 줄 것이고, 나머지 하나는 끝까지 포기하지 않은 선수에게 주겠다."

박스를 열었을 때 소녀들은 모두 놀랐다. 상자 안에는 반짝거리는 황금색 트로피 두 개가 들어 있었다. 그 트로피는 베이커 자신이 경기에서 획득한 것으로, 자신의 이름을 지우고 아이들의 이름을 새겨넣은 것이었다. '듀크시의 질주자들'은 뉴멕시코 주는 물론 주변 주의 기록을 깼고, 베이커는 자신있게 예언했다. "질주자들, 너희들은 AAU(미국아마추어연합) 육상대회 결승에 진출할 것이다."

육상팀의 성공에도 불구하고 베이커는 항암치료와 계속되는 화학치료로 더 이상 음식을 제대로 넘길 수도 없었다. 체력이 심하게 떨어지고 있었지만, 그는 여전히 '듀크시의 질주자들' 팀을 코치했고, 작은 언덕에 앉아서 훈련하는 소녀들을 격려했다.

결국 베이커의 예언이 실현되었다. 세인트루이스에서 열리는 전국 육상대회 결승에 출전하게 된 것이다.

10월 28일 아침, 베이커는 에스펜 초등학교에서 복부를 움켜쥐고 운동장에 쓰러졌다. 암이 전신에 퍼지고 장기가 파열된 것이다. 베이커는 병원에 입원하는 대신 학교로 돌아가기를 원했다. 그는 운동장에 쓰러진 자신의 모습을 아이들이 기억하는 마지막 모습으로 남기고 싶지 않았다. 학생들에게 '최고로 멋진 사람'으로 기억되고 싶었다.

급격히 악화된 베이커는 세인트루이스 대회에 함께 갈 수 없다는 것을 알고, '듀크시의 질주자들'에게 일일이 전화를 걸었다. 그리고 그들 모두에게 최선을 다하도록 격려했다.

11월 26일 추수감사절날, 존 베이커는 어머니의 손을 잡고 "너무 많은 일을 만들어서 미안해요"라며 눈을 감았다. 의사가 예상한 6개월보다 그는 12개월을 더 살았다.

미국 아마추어육상대회 결승에서 '듀크시의 질주자들'이 우승을 차지했다. 작은 도시의 무명팀이 전국대회에서 우승한 것이다. 소녀들은 트로피를 치켜들며 이틀 전 죽은 자신들 코치의 이름을 외쳤다.

"코치 베이커를 위하여!"

언제부터인가 에스펜 초등학교 학생들은 자신들의 학교를 존 베이커 초등학교라고 부르기 시작했다. 처음엔 몇 명이었지만, 점점 많은 학생들이 부르게 되었고, 주민들도 그렇게 불렀다. 학교의 이름을 바꾸자는 말이 나오기 시작했고, 마치 산불처럼 빨리 퍼졌다.

에스펜 학교는 이 일을 앨버커키 학교위원회에 의뢰하였고, 위원회는 학부모 투표를 하도록 제안했다. 1971년 이른봄, 520명의 학부모 전원이 투표에 참가했다. 결과는 찬성 520표, 반대 0표.

이제 에스펜 초등학교는 공식적으로 존 베이커 초등학교가 되었다. 아이들은 생전의 그가 늘 부르듯이 진짜로 '존의 아이들'이 된 것이다.

그는 짧은 기간 동안 아이들을 가르치고 코치했지만, 누구보다도 훌륭한 선생님이었다. "최선을 다하라. 그리고 거기에 이전보다 조금만 더 시도하라. 네가 최선을 다하지 못한 것은 절대로 받아들이지 말라. 이미 시작했다면 결승점에 도달하기 전에는 절대로 주저앉지 말라." 베이커의 가르침은 존 베이커 초등학교에 아직도 살아 있다. 그곳엔 훌륭하고 자신의 삶에 용감했던 한 젊은 선생님으로부터 가르침을 받은 행복한 아이들이 있다.

이 이야기는 암으로 숨진 한 운동선수의 얘기가 아니다. 최고의 선생님이자 코치였던 한 청년의 헌신적인 보살핌을 받은 행복한 아이들의 이야기이다.

저자

차례

머리말 _5

프롤로그 _15
나의 작은 영웅 _18
어릴 적부터 성실했던 아이 _22
'천하무적' 존 베이커 _28
"저 프리마 돈나가 나의 아들이에요" _35
죽음에 관한 경주 _40
해켓 코치를 위해 달리다 _44
내 생애 최고의 시합 _53
에스펜 초등학교에 부임하다 _64
마지막 경기의 스톱워치가 눌러지다 _69
벼랑 끝에서 삶을 만나다 _82
"최선을 다한 사람은 1등을 한 사람과 똑같이 대할 것이다" _91
'부지런한 새' 보충반 _100
낙오자는 없다 _110
'듀크시의 질주자들' 창설되다 _115
나의 사랑스런 '작은 잔디깎기' 들 _121

존 할랜드 코치 _126

토스트와 토스터 _130

릴레이 세계 신기록을 세우다 _152

엄마표 유기농 당근 주스 _159

아름다운 영혼을 가진 청년 _170

너희 모두가 챔피언이다 _176

마지막 경주를 마치다 _184

존의 아이들 _196

"코치 베이커를 위하여!" _201

존 베이커 초등학교로 학교명을 바꾸다 _209

아이들 인생에 영향을 준 최고의 사람 _218

어머니의 이름으로 _228

조용한 후원자, 베타 머서 교장 _236

'듀크시의 질주자들' 해체와 비운의 선수 _242

에필로그 _247

책을 쓰고나서 _253

존 베이커 약력 _258

참고문헌 _261

01

프롤로그

뉴멕시코 주 크로스컨트리 챔피언 앨버커키Albuquerque 시 소녀 육상팀 '듀크시의 질주자들Duke City Dashers, DCD'이 탄 비행기는 황량한 뉴멕시코의 사막을 지나 콜로라도 주 상공을 날고 있었다.

비행기 안의 진jeane은 좌석에서 일어나 무릎을 굽혔다폈다를 반복했다. 시합과 연습중에 부상을 입은 무릎에선 아직도 미세한 통증이 느껴졌다. 세인트루이스에서 열리는 미국 아마추어 여자 크로스컨트리 시합에 참가할 수 있을지 불확실했기 때문에 좀더 재활운동을 하지 않은 것이 후회스러웠다. 옆에 앉은 샐리가 진을 위로했다.

"진, 너는 지난번 시합에서 무릎을 다쳤잖니? 너는 포기했던 게 아니야. 아마 베이커 코치님도 이해해 주실 거야. 그러니 너무 무리하지 마. 너는 이번 시합에 참가하지 않아도 괜찮잖니?"

그러나 진은 그 말에 대답하지 않고 혼잣소리로 결연히 말했다.

"나는 앞으로 어떤 일이 있어도 시합을 포기하지 않을 거야. 출발 총성이 울리면 어떤 것도 날 멈추게 할 수 없어. 그 어떤 것도."

1970년 11월 28일, 미주리 주 세인트루이스의 포레스토 파크.

미국 아마추어선수연맹 주최 여자 크로스컨트리 챔피언 대회가 열렸다. 17세 이상, 14-17세, 12-13세, 10-11세, 그리고 9세 이하로 구분된 이 대회에는 각 지역에서 우승한 팀들이 모이는 가장 중요한 전국대회였다. 앨버커키의 육상팀 '듀크시의 질주자들'은 뉴멕시코 주 챔피언 자격으로 참가했다.

미국에서도 현대적인 도시 세인트루이스. 포레스토 파크는 아름답기로 유명한 곳이다. 세인트루이스를 상징하는 대형 아치 구조물은 햇빛에 반사되어 은빛의 무지개처럼 빛났다. 대회에 참석한 선수들을 흥분으로 들떠 있었지만 앨버커키의 소녀들에게는 아름다운 풍광과 전국대회에 참석했다는 흥분을 즐길 여유가 없었다. 다른 주에서 온 소녀들이 깔깔대며 웃는 동안에도 그들은 숙연했다. 시합에 임하는 태도는 어느 대회보다도 진지했다. 소녀들은 대회 순서를 통해 자신들의 경기 시간을 확인했다.

오전 11:00 여자 전국 챔피언 경기

오전 11:30 여자 14-17세 전국 챔피언 경기

오후 12:00 1.5마일 12-13세 경기

오후 12:30 1마일 10-11세 경기

오후 1:00 1마일 9세 이하 경기

오후 2:00 시상식

시합에 앞서 존 할랜드John Haaland 코치는 앨버커키의 '듀크시의 질주자들' 선수들을 불러 모았다.

"나는 너희들이 너무나도 자랑스럽다. 우리는 창단 2년 만에 전국대회에 뉴멕시코 주 대표로 참가하게 되었다. 지금 이 순간에도 베이커 코치는 너희들 하나 하나와 함께 할 것이다. 그것은 아마 너희들이 더 잘 알 것이다. 모두 최선을 다해주길 바란다. 출발 총성이 울리면 결승점까지 뛰어간다. 알았지?"

존 베이커의 이름을 듣자 소녀들은 숙연해졌다. 그녀들은 오늘 자신들을 위해서 뛰지 않을 것이다. 코치이자 위대한 스승 존 베이커를 위해서 달릴 것이다.

02

나의 작은 영웅

존 베이커John Baker는 1944년 6월 29일, 미주리 주 스프링필드 시에서 어머니 폴리 베이커Polly Baker의 작은 영웅으로 태어났다. 그날은 아버지 잭 베이커Jack Baker의 생일이기도 했다. 유명 방송인이었던 아버지 잭은 캐나다와 미 북부에서 잘 알려진 테너 가수이자 라디오 진행자로, 여러 도시를 돌아다니며 방송국 경영을 도왔다. 존이 태어난 후 2년 뒤 라스빌에서 남동생 로버트가 태어났고, 다시 2년 뒤 멤피스에서 여동생 질이 막내로 태어났다.

어린 시절의 존은 수줍어하고 동그란 눈을 가진 해맑은 아이였다. 잭과 폴리는 존이 아주 어릴 적부터 달리기에 소질이 있었다는 것을 알게 되었다. 걸음마를 막 뗄 무렵부터 존은 작은 애완견 강아지 두 마리와 마당에서 뛰어놀기를 좋아했다.

강아지들은 집 앞 도로에 차들이 지나갈 때마다 지나가는 차 뒤꽁무니를 따라 달려가서는 마당 끝에 있는 울타리에서 짖곤 했다. 세 살이던 존은 강아지를 따라하는 것을 좋아했다.

그날도 폴리와 잭은 마당에서 따뜻한 햇볕을 즐기고 있었고, 존은 여느 때처럼 강아지들과 놀고 있었다. 차가 지나가는 소리가 나자 세 살배기 존은 강아지들과 함께 차가 가는 쪽으로 급히 달려갔다. 울타리 끝에 멈춰서서 강아지처럼 짖으려는 순간, 애앵— 하고 커다란 사이렌 소리가 났다. 하필 경찰차였던 것이다.

난생처음 이상한 소리를 들은 존은 너무 놀라서 울타리를 타고 내려와 엄마 아빠가 있는 쪽으로 달려오기 시작했다. 폴리와 잭은 그 상황이 우습기보다 너무 놀랐다. 왜냐하면 존이 너무 빨라서 그애의 다리가 보이지 않을 정도였다. 그날 잭과 폴리는 처음으로 존이 달리기에 재능이 있다는 것을 알게 되었다.

잭과 폴리는 아이들의 교육을 위해 더 이상 이사하지 않고 정착할 곳으로 뉴멕시코의 앨버커키를 생각하고 있었다. 앨버커키는 고도 1500미터에 위치한 뉴멕시코 주의 가장 큰 상업도시로, 다른 도시와 비교하여 주택 사정과 교육환경이 좋았다. 자연 재해도 없고 맑은 날이 일년에 300일 이상 되는 쾌적한 도시였다. 주변 대부분 지역이 사막이며 고원의 아름다운 경치는 그림엽서에나 나올 듯한 풍경이었다. 1953년, 베이커 가족은 뉴멕시코 주 앨버커키에 정착했다. 잭은 앨버커키의 지역 방송국에 직장을 갖게 되었고, 한 건축회사가 유명인인 그에게 광고 모델을 제의하고 모델료 대신 집을 제공하기도 했다.

앨버커키로 이주했을 때 존은 초등학교 4학년이었다. 마크 트웨인 초등학교에서 그는 인생의 가장 친한 친구가 될 존 할랜드를 만났다. 존보다 10센티 이상 더 큰 할랜드는 밝은 금발머리에 어딘지 반항아 같은 인상을 풍겼다. 존은 할랜드를 처음 본 순간 친한 친구가 될 것임을 직감했다. 존은 만능 스포츠맨인 할랜드와 함께 붙어다니면서 농구, 축구를 하며 놀았고, 깜깜해질 때까지 야구를 했다. 이후로 두 아이는 서로의 집을 오가며 함께 식사를 하고 함께 잠도 자고 형제처럼 지냈고 할랜드와 베이커 두 가정 모두 두 아이를 자신들의 자식처럼 챙겼다.

앨버커키로 이사온 지 한 달쯤 되던 날, 존은 동생들과 집 뒷마당에서 놀고 있었다. 함께 와서 놀던 이웃집 여자 아이가 존의 동생 로버트가 짓궂게 장난친 것을 고자질하러 존의 집 안으로 들어왔다. 여자 아이는 벨도 누르지 않고 노크도 하지 않고 조용히 안으로 들어왔다. 존의 집이 궁금했던 것이다. 화장실에 있던 폴리 베이커는, 여자 아이가 이 방 저 방으로 돌아다니는 것을 알아챌 수 있었다. 여자 아이는 닫혀 있는 침실 안에 존의 엄마가 있을 거라고 생각하고 방문 앞에 서서 작은 소리로, "저기요. 누구 없어요?"라고 불렀다.

장난기가 발동한 폴리는 그애가 어쩌나 보려고 대답하지 않았다.

잠시 기다리던 아이가 좀 더 소리를 높여 불렀다. "실례해요. 누구 없어요?"

폴리는 역시 대답하지 않았다.

아이는 문을 두드리며 부르다가 급기야 화가 났던지, "이봐요, 누구 엄마!"하고 소리쳤다. 폴리는 아이가 마치 어른처럼 자기를 부르는 소리에 당황스럽기도 하고 너무나 우스웠다. '누구 엄마Somebody's mother!'라는 말은 아이들이 쓰는 말투가 아니었기 때문이다.

그날 저녁 식탁에서 폴리는 가족들에게 '누구 엄마'에 대한 얘기를 했고, 이 이야기는 두고 두고 존 베이커의 가족만이 아는 농담이 되었다. 존은 가끔 어머니에게 농담을 하고 싶을 때면 "누구 엄마!" 라고 부르곤 했다.

03

어릴 적부터 성실했던 아이

존은 여느 아이들과는 달리 초등학교 1학년 때부터 매우 성실했다. 최선을 다해 숙제를 끝냈고, 만약 다른 친구들이 숙제나 공부를 성실히 하지 않을 때면 그애들을 걱정했다. 이 같은 성격은 앨버커키의 마크 트웨인 초등학교에 전학 와서도 그대로 이어졌다.

존이 5학년 때 폴리는 담임선생과 상담을 했다.

"부모님께서 존에게 모든 일을 완벽하게 해야 한다고 요구하시나요?"

"아니요. 그렇지 않습니다."

"앨버커키의 모든 초등학교는 하루에 세 번, 15분 동안 쉬는 시간이 있습니다. 모든 아이들이 항상 그 시간을 기다리죠. 대부분 아이들이 그 시간에 공놀이 등을 하지만, 존은 다른 아이들과는 달라요. 자신의 숙제가 미흡하다고 생각되면 쉬는 시간에 자신의 숙제를 완벽하게 끝낼 때까지는 절대로 밖으로 나가지를 않습니다."

"선생님, 그것은 존 스스로 그렇게 하는 것입니다. 그 아이 성격이 원래 그렇습니다."

담임선생님은 5학년짜리에게서 찾아보기 힘든 책임감과 성실함이 혹시라도 부모의 강압에 의한 것이 아닌가, 하는 교육적인 우려를 가지고 있었던 것이다.

"선생님께서 2년 후에 존의 동생 로버트의 담임을 맡게 되신다면, 그애의 성격이란 것을 아시게 될 겁니다. 존과는 달리 로버트는 숙제도 별로 신경 쓰지 않죠. 그런데 성적은 오히려 로버트가 더 좋아요. 존은 그렇게 열심히 하는 데 비해 성적은 그리 높지 않아요. 그렇지만, 성적은 존에게 별로 문제가 되지 않습니다. 그애는 과정을 중요시 여기죠. 매사에 최선을 다하는 것이 그애의 생각입니다. 그런 아이를 말리고 싶지는 않습니다."

평소 운동에 관심이 많았던 우직한 존과는 달리 동생 로버트는 고등학교에 들어가자마자 은행에서 아르바이트를 하는 등 영리한 아이로 성장했다.

존이 열다섯 살, 로버트가 열세 살, 질이 열한 살이 되던 1959년 여름. 베이커 가족은 그동안 꿈꾸어왔던 가족 여행을 떠나게 되었다. 먼저 유타 주의 솔트레이크 시에 방문하여 그 유명한 소금호수에서 아이들은 수영을 하고 주변 트래킹도 했다. 돌아오는 길에 캘리포니아의 온통 붉은 단풍나무 숲을 지나 마지막 여행지인 디즈니랜드에 들르게 되었다. 잭은 LA에서 사업차 만날 사람이 있어, 폴리와 세 아이들만이 디즈니랜드에서 온종일을 보내야 했다. 로버트와 질은 몹시 들뜬 기분으로 이리저리 돌아다녔고, 폴리는 아이들을 놓치지 않으려고 진땀을 빼야 했다. 그러나 존은 또래의 아이들처럼 그렇게 신나하지 않는 것 같았다. 존은 벌써 사춘기인가? 로버트와 질처럼 좋아하지 않네, 라고 폴리는 생각했다.

디즈니랜드에서 온종일을 보내고 주차장으로 돌아왔을 때 존은 비로소 깊은 숨을 내쉬었다. 그제서야 존의 얼굴이 밝아졌다.

"후유, 어머니. 정말 감사 드려요. 저의 꿈이 정말로 실현되었어요. 제가 디즈니랜드에 와볼 줄은 정말 생각지도 못했어요."

존은 동생들을 돌보느라 하루종일 긴장했던 듯했다. 폴리는 또래의 아이다운 제멋대로의 행동을 자제하는 큰아들의 모습이 의젓하고 대견했다.

존은 봉사에도 열심이었다. 교회에도 빠짐없이 나가고, 여름방학이면 성경학교의 레크리에이션 프로그램을 도왔다. 만로Monroe 중학교에서 그는 야구, 농구, 미식축구 그리고 육상 등 스포츠에 재능을 발휘했고, 농구팀에서는 돋보이는 스타플레이어였다. 그러면서도 학급 임원으로서도 훌륭한 평가를 받고 있었다.

만로 중학교에서 존은 야구팀에 소속되어 있었는데, 졸업하던 해에는 중견수로 타율은 3할 4푼 8리를 기록한 강타자였다. 하지만 존은 야구보다는 늘 트랙을 달리는 것을 좋아했다.

만자노 고등학교에 진학한 뒤, 존은 예전의 활력을 잃어갔다. 성적이 떨어지기 시작했고 야구에 대한 흥미도 잃어갔다. 존은 더 이상 야구팀에서 활동하고 싶지 않았는데, 코치에 대한 불만도 이유 중 하나였다. 어느 날 존은 야구 코치와 상담을 했다.

"저는 야구팀을 그만두겠습니다."

"뭐라고? 야구를 그만둔다고? 너는 계속 야구를 해야 해!"

존은 침묵했다.

"좋다. 합당한 이유가 있다면 허락하마!"

"육상팀에 가입하고 싶습니다."

"뭐라고? 너 지금 정신이 있는 거야? 네 신체적 조건이 육상팀에 맞는다고 생각해? 너 키가 얼마지?"

"167센티입니다."

"체중은?"

"61킬로그램입니다."

"그래, 그 키와 체중으로 트랙에 서 있기라고 하겠냐? 그나마 너를 받아 줄 곳은 우리 야구팀밖에 없다. 잔소리 말고 계속 야구팀에서 연습하도록 해. 너는 내 허락 없이는 육상팀에 들어갈 수도 없어. 학교 운동장에서는 내가 왕이다."

코치는 위압적으로 말했다.

그날 이후 존은 더 이상 야구팀 연습에 나가지 않았다. 코치는 계속해서 그를 연습에 불러냈다. 수업중에도 운동장에서도 눈에 띄기만 하면 어디서든 그를 불러냈다. 그리고는 작은 키로 육상을 한다느니, 일찌감치 포기하라는 등 면전에 대고 자극적인 말을 했다.

그후로 존의 표정은 어두웠고 학교에서는 항상 불안했다. 성적도 떨어지기 시작했다. 존의 부모는 그에게 무슨 일이 있다고 짐작했으나 존을 믿고 먼저 얘기를 꺼낼 때까지 기다렸다.

어느 날, 눈에 띄게 수척해진 얼굴로 존은 신문을 읽고 있던 아버지에게 다가갔다.

"아버지, 드릴 말씀이 있어요."

존은 야구팀 코치와의 갈등을 아버지 잭에게 모두 털어놓았다.

잭 베이커의 눈에 얼핏 분노의 빛이 스치는 듯했다. 잭은 냉정한 목소리로 아들에게 되물었다.

"그래, 코치가 너를 수업중에도 불러낸단 말이지? 아이들 앞에서 너를 망신을 주기도 하고?"

"네. 정말 저는 더 이상 야구를 하고 싶지 않아요."

"존. 고맙다. 나한테 얘기를 해줘서. 야구 연습 시간이 언제지?"

"오후 2시 30분부터 운동장에서 실시해요."

"그래, 알았다."

잭은 다시 신문을 집어들었고 더 이상 그 문제에 대해 언급하지 않았다.

다음날 저녁 식사 시간에 잭은 눈길을 들지 않은 채 식사를 하면서

말했다.

"존. 너는 이제부터는 야구 연습에 참가하지 않아도 된다. 네가 하고 싶은 운동을 하거라."

단 한마디였다. 존은 그동안의 중압감에서 비로소 해방되었다.

그 사건은 존에게 아버지에 대한 믿음과 존경을 더 확고히 심어준 계기가 되었다. 그리고 코치가 선수에게, 교사가 학생들에게 얼마나 부정적인 영향을 끼칠 수 있는가를 절실하게 느끼게 해준 사건이었다.

그리고 만능 스포츠맨이라 할지라도 운동을 즐기면서 할 수 없었을 때의 기분, 학교에서 왕따당하는 기분과 부정적인 운동, 외로운 학교생활을 경험하게 해주었다.

04

'천하무적' 존 베이커

존은 더 이상 야구 연습에 참가하지 않아도 되었다. 그는 이제 자신이 원하는 대로 육상선수로 자신의 스포츠 이력을 쌓고 싶었다. 하지만 불행히도 야구 코치의 말이 맞았다. 그는 또래보다 키도 작고 체중도 적게 나가서 학교 육상팀에 들어가기에는 코치의 눈에 들 수가 없었다.

만자노 고등학교의 육상팀 코치 빌 월파트Bill Wolffarth가 탐내는 학생은 따로 있었다. 존의 가장 친한 친구 할랜드였다. 월파트 코치는 할랜드를 육상팀에 데려오려고 여러 차례 설득했지만 할랜드는 전혀 관심을 보이지 않았다. 할랜드는 운동보다는 오토바이 운전 같은, 자유롭게 자신의 시간을 즐기는 것을 좋아했다. 존이 자신에게 엄격한 성격이라면, 할랜드는 남에게 구속받는 것도 남과 경쟁하는 것도 싫어했다. 그러나 190센티에 가까운 큰 키에, 탁월한 운동신경까지 갖추고 있던 할랜드를 월파트 코치는 평소 점찍어두고 있었다.

존은 육상팀 코치를 찾아갔다.

"안녕하세요. 코치님."

"그래, 존."

"제가 알기론 할랜드를 육상팀에 가입시키고 싶으시다구요?"

"그랬지. 그런데 할랜드는 전혀 관심이 없는 것 같더구나."

"이러면 어떻겠어요. 제가 할랜드를 데리고 오죠. 저희는 초등학교 때부터 단짝 친구예요. 대신 저를 육상팀에 넣어주세요."

잠시 의아하게 쳐다본 코치는 존이 육상팀 멤버가 될 수 있을지 한 번 훑어봤다. 가늘고 길다란 그의 다리는 육상 선수로서는 너무 허약해 보였다. 그렇지만 월파트 코치는 할랜드를 꼭 팀에 가입시키고 싶었고, 그 제안을 받아들였다.

"내일 12시까지 육상팀으로 둘 다 오너라."

육상팀 코치의 끈질긴 구애에도 끄덕하지 않았던 할랜드는 단짝 친구의 말에 흔쾌히 동의해 주었다.

할랜드는 터프가이였다. 누구 밑에서 운동을 하거나 그런 성격이 아니었지만, 기꺼이 친구를 위해 육상팀에 가입한 것이다. 존은 비로소 육상팀의 일원이 되었다.

육상팀 가입은 할랜드의 인생에도 중요한 계기가 되었다. 그의 평생 직업이 된 것이다. 훗날 할랜드가 60세가 넘어서도 앨버커키의 초등학교에서 체육선생님으로서 육상 코치로서 아이들을 가르치게 되는 첫발을 내디딘 것이다.

드디어 존과 할랜드의 첫 출전 시합이 열렸다. 앨버커키 동쪽 샌디아 산 아래 언덕에서 개최된 1.7마일(약 2.7킬로미터) 크로스컨트리 경기였다. 크로스컨트리는 넓은 들판이나 초목이 무성한 황무지, 야산 등을 주파하는 경기로, 트랙을 달리는 육상경기보다 훨씬 많은 체력과 지구력을 요하는 경기이다. 근대 5종 경기의 한 종목으로, 단체전의 경우 각 학교에서 출전한 선수들 중 상위 5명의 점수를 합계해서 낮은 점수의 팀이 승리한다. 즉 5명의 선수가 1, 3, 5, 7, 9위로 들어왔다면 이 팀의 성적은 1+3+5+7+9=25점이 된다. 개인 기록은 다른 경기와 마찬가지로 순위로 기록된다. 구간마다 난이도가 다르므로 공인 기록은 없고 코스 기록만이 존재한다. 체력 소모가 많기 때문에 더운 여름을 피해 주로 가을과 겨울에 열리는 경기이다.

출발선에 섰을 때, 존 베이커의 심장이 벅차올랐다. 흥분되어 간밤에 잠도 제대로 자지 못했다. 그토록 하고 싶었던 육상을, 학교를 대표해서 첫출전한다는 사실에 몹시 흥분해 있었다. 아무도 자신을 주목하지 않았지만, 존에게는 가슴벅찬 순간이었다.

그날의 주인공은 단연 하일랜드 고등학교의 앨버커키 지역 챔피언 로이드 거프였다. 모든 관심이 그에게 집중되었고, 존의 친구 할랜드는 다크호스로 관심을 받았다.

출발 신호가 떨어졌고, 예상대로 로이드 거프가 선두로 치고 나갔다. 그 뒤를 할랜드가 바짝 따라붙었다. 존의 달리는 모습은 여느 선수들과는 많이 달랐다. 다른 선수들보다 키가 10센티는 작았고 손바닥을 아래로 향하고 목은 약간 치켜든 상태로 얼굴은 매우 긴장하는 것처럼 보였다. 왜소한 체격에 이상한 폼에, 누가 봐도 정식 선수 같지가 않았다.

앨버커키 동쪽에 있는 샌디아 산은 높은 언덕이 많았다. 게다가 앨버커키 시 자체의 고도가 높아 다른 지역에서 온 선수들에게는 호흡하는 것조차도 힘든 지역이었다.

존의 달리는 모습은 여느 선수들과는 많이 달랐다. 손바닥을 아래로 향하고 목은 약간 치켜든 상태로, 누가 봐도 정식 선수 같지가 않았다.

시합은 중반으로 접어들었다. 존은 숨이 턱까지 차는 것 같았다. 정신없이 선두 주자를 따라가면서 달리는 자신의 운동 강도가 적당한지 알 수 없었다. 존은 자신에게 질문을 했다. '내가 지금 최선을 다하고 있는가?'

그는 바로 앞에 있는 주자의 등만을 주시할 뿐 다른 것은 전혀 생각할 수가 없었다. '그래, 오직 한 가지만 생각하자. 이 주자를 따라잡자.'

바로 앞 주자를 따라잡는 데만 집중하자, 더 이상 숨이 차거나 고통스럽지 않았다. 그것은 마치 최면이고 진통제 같았다. 존의 집중력이 효력을 발휘했다. 집중할 때는 뛸 때의 고통이 사라지는 것 같았다. 결승점에서 기다리는 관중과는 다르게 경기중인 선수들은 필사적인 자신과의 싸움을 하고 있었다.

결승점에 모인 관중들 눈에 하나둘씩 선수들의 모습이 보이기 시작했다.

"선수들이 들어온다."

"어느 학교가 선두야?"

"로이드 거프가 가장 선두인가?"

그때 〈앨버커키 저널〉 기자가 소리쳤다.

"선두가 로이드가 아닌데? 처음 보는 선수야!"

만자노 고등학교의 육상팀 부코치가 손을 망원경처럼 모아 눈썹께로 가져가며 다가오는 선수들을 살폈다.

"맙소사! 저건, 존이에요, 존! 존 베이커가 1위로 들어와요!"

만자노 고등학교의 월파트 코치는 입을 다물지 못했다. 전혀 예상치 못한 결과였다.

모두의 예상을 깨고 존은 기존의 코스 기록(크로스컨트리는 경기장마다 여건이 다르므로 코스 기록으로 평가한다)을 경신하며 우승을 했다. 월파트 코치만 놀란 것이 아니었다. 존 베이커 자신도 첫출전에서 우승한 자신에게 놀랐다.

이후 존은 참가하는 대회마다 승승장구했다. 여섯 번의 주 트랙 기록을 경신했고, 3학년 때는 뉴멕시코 주에서 가장 잘 달리는 선수가 되었다. 이때 그의 나이는 18세도 채 되지 않았다.

하지만 전형적인 선수들과는 다르게 존의 달리는 폼은 좋지 않았다. 턱을 약간 치켜들고 손바닥을 땅을 향한 동작은 전형적인 주자의 모습과는 확연히 달랐다. 그 폼에 대해 못마땅하게 생각하던 부코치가 코치 빌 월파트에게 말했다.

"존의 달리는 모습이 저래서 훌륭한 선수가 될 수 있겠어요? 더 이상 성장 가능성이 없어 보입니다."

월파트 코치는 웃으며 대답했다.

"글쎄 자네는 그애의 폼이 아니라 그애 눈동자를 봐야 하네. 특히 큰 대회가 있을 때는 전혀 다른 사람의 눈빛을 하고 뛴다니까. 그리고 잘하고 있는 선수의 폼을 굳이 교정할 필요가 있겠나? 수영 등을 보게나. 신기록을 세우는 선수의 폼을 따라하는 추세로 바뀌지 않나?"

"그래도 저런 폼을 어떻게 따라하나요? 저는 그러고 싶지 않습니다."

"그래, 아마 대학에서 좋은 코치를 만나면 바꿀 수 있겠지. 그렇지만 다시 한번 말하는데 잘하고 있는 운동선수의 폼을 바꾸는 것은 도박이야."

달리는 폼과 야윈 체형에 대해 말이 많았지만, 존은 고등학교 3년 때 크로스컨트리 경기에서는 무패, 1마일 경기에선 그해 챔피언이 되었다. 뉴멕시코 주 전체 3위의 기록이었다. 그의 주 종목은 1마일 경기와 크로스컨트리였지만, 그 외에도 마일 계주의 마지막 주자로서 880야드를 달렸다.

마일 계주는 릴레이 경기로서, 첫 번째 두 번째 주자가 220야드(약 200미터)를 달리고 세 번째 주자는 440야드(400미터) 그리고 마지막 주자는 880야드(800미터)를 달린다. 이 경기에는 단거리뿐만 아니라 중거리 선수들을 두루 갖추고 있어야 하기 때문에 각팀의 기량이 비교되는 경기여서 코치들은 마일 계주 경기만은 꼭 이기고 싶어했다. 그야말로 자존심을 건 메인 이벤트였다.

존은 언제나 마지막 880야드를 달리는 앵커맨(계주에서 마지막 주자)으로서 갈채를 받으면서 결승선을 통과했다. 존 베이커는 1마일, 크로스컨트리, 마일 계주, 이렇게 세 종목에서 전천후 선수로 뛰었다.

05

"저 프리마 돈나가 나의 아들이에요"

1962년 5월 12일.

제15회 뉴멕시코 주 고교육상 대회가 뉴멕시코 주립대 주경기장에서 열렸다. 이날은 여느 때와 마찬가지로 베이커 가족 모두가 존을 응원했다. 고등학교 선수로서 마지막 경기이자, 지금까지 무패를 자랑하던 존에게 어쩌면 첫 번째 패배의 기록을 남길지도 모르는 중요한 경기였다. 그래서 존의 가족들은 매우 긴장하고 있었다.

존은 이미 오전에 1마일 경기에서 우승했다. 그날따라 바람이 불고 모래가 날리는 날씨여서 1마일에서는 신기록에 도전하지 않고 우승한 것에 만족해야 했다. 그날의 마지막 경기인 마일 계주에서 앵커맨으로 마지막 880야드를 달려야 하기 때문이었다.

당초 계획으로는 월파트 코치는 존을 마일 계주에서 제외시키려고 했다. 졸업 후 대학에 진학할 존의 이력서에 무패의 전적을 넣어 대학에 장학생으로 갈 수 있도록 하려는 것이다. 만자노 고등학교의 계주팀은 강하지 않았다. 존을 제외한 앞의 주자 세 명은 달리기를 전적으로 하는 선수들이 아니었기 때문이다.

"존, 너는 꼭 마일 계주를 달리지 않아도 된다. 나는 너의 이력을 완벽하게 만들어 주고 싶구나."

"코치님, 저는 괜찮습니다."

마일 계주는 각팀의 기량이 비교되는 경기여서 코치들은 꼭 이기고 싶어했다.

뉴멕시코 주립대 계주팀. 맨 앞쪽이 존 베이커

University of New Mexico Department of Athletics 제공

"우승할 확률이 아주 낮아. 다른 선수들은 계속해서 육상을 할 아이들이 아니잖니. 하지만, 너는 육상으로 대학을 가야 하잖아?"

"코치님, 저는 정말 괜찮습니다. 그리고 해보지도 않고 포기하고 싶지는 않습니다. 오히려 그것은 제가 무패의 전적을 쌓기 위해 피해 가는 것으로 보입니다. 저는 정말로 그러고 싶지 않습니다."

"그래, 존. 네가 나를 일깨워주는구나. 그러면 너를 앵커맨으로 등록하겠다."

"네, 그렇게 해주세요."

날이 점점 어두워지고 있었다. 뉴멕시코 주립대학교 주경기장에 조명이 켜지면서 하이라이트 경기인 마일 계주가 시작되었다. 출발을 알리는 총성이 울렸다.

만자노 고등학교 팀은 첫 번째 주자부터 뒤처지더니, 두 번째 주자로 이어지면서 다른 팀과의 사이가 점점 더 벌어졌다.

폴리는 관중석에서 안타깝게 바라보았다. 그동안 존이 세운 무패의 명성이 이 마지막 시합에서 깨어질 것 같았다. 마음속으로 '그만두었으면 좋겠다, 존. 하지 말았어야 했어. 네가 그렇게 학교 명성을 날렸는데 너의 동료들이 너에게 기회를 주지 않는구나!' 라고 생각했다.

400미터 트랙을 두 번 돌고 800미터를 남겨두고 마지막 존의 차례가 왔다. 이미 선두 주자와는 20~30미터 이상 벌어져 있었다. 마라톤도 아니고, 따라잡기에는 이미 불가능한 거리였다.

존은 바통을 넘겨받자마자 쏜살같이 내달렸다. 뒤에 악마라도 따라오듯이 엄청난 속도로 달렸다.

폴리 베이커의 앞자리에서는 다른 시에서 온 관중 두 사람이 존 베이커를 가리키며 말을 주고받았다.

"저 친구가 존 베이커지? 저렇게 빠른 속도로 뛰면 어떻게 800미터를 다 돌아? 아마 100미터를 뛰는 줄 아는 모양이지? 완주하기에도 무리겠다. 무패의 기록이 아쉬운가 보지. 자기가 무슨 프리마 돈나인 줄 아나?"

"그러게, 우리 실버시 아이들은 이런 모래바람에서 운동을 해서 꽤 적응이 잘되어 있지만, 존 베이커는 아마 그렇지 않을걸? 지금 따라잡아서 이겨 보겠다는 거야, 뭐야?"

두 사람은 뒤에 존의 가족이 있으리라고는 전혀 모르고 한 말이었다.

존은 이미 400미터 트랙 한 바퀴를 돌았고 앞 주자들과의 거리를 10미터 정도로 좁혀 놓았다. 두 바퀴째 돌 때 존은 커브 지점에서 바깥으로 나왔다. 거리의 이점을 생각했을 때 불필요한 행동이었다. 그러나 존은 바깥쪽으로 나옴과 동시에 다른 팀 주자들을 한 명씩 한 명씩 제치더니 마지막 한 명, 선두 주자를 향해 내달렸다.

관중석의 폴리는 "존! 존!" 하며 목이 터져라 소리쳤다. 아버지 잭과 동생 로버트는 "달려 존! 달려 존!" 하며 응원했다.

트랙을 달리는 존 베이커는 마치 심장이 터져도 상관없다는 듯이 불같이 뛰었다. 처음 바통을 넘겨받았던 때와 같은 속도와 스피드로 선두 주자를 제치고 결승점을 통과했다.

오로지 결승점만 생각하자. 달리는 것에만 집중하자. 피로를 극복하는 가장 좋은 방법은 경기에 최대한 집중함으로써 그 피로를 '무시'하는 것이었다.

모든 관중들은 그 박진감 넘치는 경기에 박수를 보냈다. 폴리는 감정이 격해져 눈물을 쏟고 말았다. 그리고 평소의 그녀답지 않게 앞쪽에 앉아 있던 다른 지역에서 온 관중들에게 말했다.

"이보세요. 존 베이커는 경기를 완주했어요. 그렇지 않나요? 저 프리마 돈나가 바로 나의 아들 존 베이커예요!"

훗날 폴리는 어떻게 자신이 그렇게 무례했었는지 후회스럽다고 토로했다.

06

죽음에 관한 경주

1962년, 존 베이커는 뉴멕시코 주립대학교 체육교육학과에 육상 장학생으로 입학했다. 텍사스 웨스턴, 애리조나 주립대학, 오클라호마 주립대학 등 여러 명문 대학에서 장학생으로 제안을 받았지만, 그가 살던 앨버커키에 있는 뉴멕시코 주립대학을 선택한 것이다. 그 대학을 선택한 이유 중 하나는 뉴멕시코 주립대학교 역사상 가장 성공적으로 육상팀을 이끌었던 휴 해켓Hugh Hackett 코치가 있었기 때문이다. 단짝 할랜드도 나란히 같은 학교에 입학했다.

대학에 입학한 후로 존은 트레이닝에 더욱 박차를 가했다. 매일 새벽 거리와 공원, 골프 코스를 40킬로 뛰는 것으로 하루를 시작했다. 이것은 그가 학교에서 실시하는 정규 훈련 과정에는 포함되지도 않았다. 이 같은 혹독한 훈련 탓에 존 베이커의 이름은 뉴멕시코 로보Lobo(뉴멕시코 주립대학교의 마스코트로, 운동 팀을 부를 때도 사용된다)와 같은 리그에 속한 주변 주州들의 학교 팀들 사이에서까지 유명해지면서, '역전의 존' 또는 '성난 존'이라는 별명으로 불리게 되었다.

신문 스포츠면에 "갑자기 사막에서 빠른 물체가 지나가면 UFO인 줄 알고 놀라지 말라. 그것은 성난 존 베이커의 연습일 뿐이다. 당신이 사냥을 한다면 앨버커키 부근 광야를 지나가는 빠른 물체는 뉴멕시코 주립대학의 존이니까, 당신의 개를 꼭 잡고, 총을 함부로 쏘지 말라"는 기사가 실릴 정도였다. 실제로 존은 사냥개의 습격을 받은 적도 있어서 그후로는 개를 쫓을 스프레이를 갖고 다녔고, 혹시 자신을 들짐승으로 오인한 사냥꾼의 총격에 불안해한 적도 있었다.

대학에 입학한 뒤부터 존은 크로스컨트리보다는 1마일(1600미터) 경기에 더 집중하기 시작했다. 고등학교 때의 기록 4분 30초 5에서 4분 20초 내로 10초만 줄여도 훌륭한 선수로 인정받을 수 있었다. 그런데 첫 대학 시합에서 4분 17초 7을 기록했다. 이 기록은 학교에서 두 번째로 빠른 기록이었다. 그해가 끝나기 전에 4분 11초 5라는 경이적인 기록을 세웠다. 날이 갈수록 존 베이커의 기량은 향상되어, 2학년 때는 서부지역 리그(캘리포니아, 유타, 네바다, 뉴멕시코, 아이다호 등 서부 지역 스포츠연맹이 주관하는 리그) 1마일 경기에서 우승을 차지했다.

오레곤에서 열린 대학전국대회 3/4마일(약1200미터) 경기에서 3분 03초의 경이적인 기록을 내면서 존은 중거리 선수로서 각광받았고 그 자신도 그 대회를 통해 자신의 잠재력에 믿음을 갖게 되었다.

그러나 언제 어디서 새로운 경쟁자가 나타날지는 아무도 몰랐다. 학교 안에서도 경쟁자가 있었다. 3학년 때 동료 마이크 손톤이 존 베이커의 학교 최고기록을 깬 데 이어 존을 통해 많은 것을 배운 후배 조지 스캇이 새롭게 다크호스로 떠오르고 있었다. 존은 학교 내에서도 이 둘과 경쟁하면서 많은 발전을 이루었다.

3학년 때 존은 다시 한번 서부지역 리그 1마일에서 우승했는데 기록은 4분 5초 8이었다. 이것은 앨버커키의 고지대에서 세운 기록이어서, 육상 경기 전문가들은 그가 캘리포니아 같은 해수면 지대에서 경기를 했다면 4분 안에 들어왔을 기록이라며 놀라워했다. 1965년 여름은 무릎 부상으로 휴식을 취하고, 이듬해인 1966년에는 서해안으로 가서 유명한 롱비치 육상팀, 스트라이드 육상팀과 함께 연습했다. 앨버커키로 돌아와서는 전국대회에 대비해 고지대에서 강도 높은 훈련을 했다.

승승장구하던 대학 시절, 아이러니컬하게도 존 베이커는 〈죽음에 관한 경주〉라는 시를 썼다. 대학교 때 쓴 시였는데, 미래의 자신의 운명을 예감하기라도 했던 걸까. 이 시는 6년 후 그가 치르게 될 죽음을 앞둔 치열한 삶의 복선과도 같다. 이것은 존 베이커가 남긴 유일한 시이다.

'죽음에 관한 경주'

많은 생각들이 내 마음속에서 나온다.
출발선에 정렬을 할 때
나비는 내 몸을 통해 날아오른다.
마지막 호흡을 하고
죽음이 가까이 오는 것을 느낀다.
하지만 경주의 마지막에서 나는 두렵지 않다.
내 마음속의 활시위가 당겨졌을 때
나는 이것이 나의 영원의 휴식을 위한 시간임을 안다.
총성이 울리고, 경기는 시작된다.
오직 하느님만이 내가 이겼는지 알 것이다.
나의 가족, 친구 그리고 많은 사람들은
무엇 때문인지 알지 못한다.
하지만 이 죽음을 위한 경주는 마지막 시험이다.
최선을 다했다면, 나는 두렵지 않다.

07

해켓 코치를 위해 달리다

한밤중에 폴리 베이커는 침실 밖에서 나는 소리에 잠을 깼다. 거실로 나온 폴리는 희미한 어둠 속에서 움직이는 그림자를 발견했다. 존이 무언가를 하고 있었다.

"얘야, 무슨 일이니? 아직 자지 않았니?"

시계는 새벽 세 시를 가리키고 있었다.

"아, 죄송해요, 어머니. 내일 시합 때문에 잠이 안 와서요. 지금 시합 준비를 해두는 게 나을 것 같아서요."

그날, 뉴멕시코 주립대학 개최로 서부 운동선수 연합 크로스컨트리 경기가 열리기로 되어 있었다. 존은 그동안 너무 무리해서 운동을 하는 바람에 정강이 과사용 증후군으로 팀 닥터에게 훈련을 잠시 멈추길 권유 받았고, 그로 인해 일정 기간 훈련을 하지 않고 있었다. 그런 존이 스파이크의 날을 갈고 있는 것이다.

"시합에 출전하려고? 네가 더 휴식을 취할 줄 알았는데…."

"우리 로보 크로스컨트리 팀이 별로 강하지 못해요. 우리가 이번 대회를 주최하는데 우리가 우승하지 못하면 아마 해켓 코치님 입장이 좀 난처하지 않겠어요? 크로스컨트리 대회는 열리는 곳마다 지형이 다르기 때문에, 거리에 관계없이 개최 장소의 코스 기록으로 하잖아요. 우리 팀은 우리 시에서 열리는 장소에서 많이 연습을 해왔고, 누구보다도 잘 알고 있어요. 그런데 다른 주에서 온 선수에게 우승을 빼앗기면, 해켓 코치님의 체면이 안 서겠죠?"

폴리는 물끄러미 아들의 얼굴을 바라보았다.

"그런데 오늘 학교 체육관 존슨 센터 앞에서 유타의 브리암영 대학 선수들이 버스에서 내리는 것을 봤는데 연습을 엄청나게 했던 것 같아요. 그들은 씻지도 않고 면도도 하지 않아 마치 일하러 가는 광부들 같았어요."

폴리 베이커는 아들이 쉬기를 바랐지만, 시합에 관한 한 존의 결정에 대해 어떤 의견도 내놓지 않았다. 그녀는 언제나 아들의 결정을 존중했다.

"차라도 한잔 줄까?"

"네. 주세요, 어머니. 아무래도 오늘은 잠을 자느니 그냥 이대로 시합장에 나가는 게 좋을 것 같아요."

그날 모자는 차를 마시고 얘기를 나누며 함께 아침을 맞았다.

아침 식사 때 존은 부모님에게 당부했다.

"아버지, 어머니, 오늘 크로스컨트리 대회에 오시면 도착점에 서 계시기 바랍니다."

"출발점에서 너를 응원해야 하지 않겠니?"

"아닙니다. 제가 그동안 연습을 하지 못했잖아요? 그래서 오늘 시합에서는 제가 갖고 있는 모든 에너지를 다 써야 해요. 그래서 도착점에서 아버지 어머니께서 부축해 주셔야 할 것 같아서요."

뉴멕시코 주립대학 골프 코스에서 2.5마일(4000미터) 크로스컨트리 시합이 개최되었다. 미국 서남부 지역 대학들의 리그전이었기 때문에 육상 강팀인 브리암영 대학을 비롯해 콜로라도의 공군사관학교 등 많은 팀들이 참가했다. 선수들은 자신들 학교의 유니폼을 입고 출발선에 정렬했다.

존 베이커도 긴장된 표정으로 자리를 잡았다. 간밤에 한숨도 자지 못한 탓도 있었지만, 그동안 부상 때문에 충분히 연습을 하지 못해서, 또 해켓 코치의 체면 때문에 그날 시합이 부담스러웠다. 그날따라 다른 팀 선수들, 특히 브리암영 대학 선수들은 그에게 커다란 골리앗처럼 보였다.

해켓 코치가 일일이 선수들을 격려한 후, 마지막으로 존에게 다가갔다.

"존, 꼭 시합에 참석할 필요 없다."

"괜찮습니다. 오랫동안 쉬어서요, 이번에 꼭 달리고 싶습니다. 걱정하지 마세요. 그냥 쉬는 중간에 저를 점검해보고 싶어서입니다."

"그래. 너무 무리는 하지 마라, 존."

"네, 알겠습니다."

해켓 코치는 돌아서다말고 다시 한번 존을 돌아다보았다. "고맙다, 존."

존 베이커는 이번 크로스컨트리 시합에서 꼭 우승하고 싶었다. 막강한 실력을 자랑하는 브리암영 대학이 오후의 다른 경기에서 두각을 나타낼 것이 분명했기 때문에 아침 일찍 시작되는 크로스컨트리에서 그가 우승한다면 뉴멕시코 팀의 사기를 높이는 데 큰 도움이 될 것이다.

탕!

출발을 알리는 총소리와 함께 존이 뛰쳐나갔다. 그리고 초반부터 브리암영 대학팀에 바짝 붙었다. 이번 대회를 미리 준비하지 못해서 어느 선수가 우승 후보인지 알 수가 없었다. 로보 팀 동료들은 존의 뒤로 붙었다.

브리암영 선수들은 초반부터 스피드를 냈다. 그들 뒤에 따라붙은 존은 얼마 못 가 숨이 차올랐다. 연습이 부족해서일까? 내가 속도 조절을 제대로 하고 있는 걸까? 머릿속으로 빨리 계산을 했다.

'이러다가 근육의 피로가 너무 빨리 발생해서 완주도 못 하는 것 아냐? 하지만 이 친구들은 별로 지쳐 보이지 않는걸? 이 친구들 페

이스 조절을 잘 못하는 것 같은데?'

역시 존의 생각이 맞았다. 브리암영 선수들은 처음부터 페이스를 너무 빨리 잡은 탓에 1킬로미터 정도 달렸을 즈음 흔들리기 시작했다.

"그래 지금이야. 지금 치고 나가야 이 친구들 기가 꺾인다."

존은 다른 팀 선수들이 보란 듯이 앞으로 달려나갔다. 뉴멕시코 팀 동료들은 존의 선전에 힘을 얻기 시작했다. 하지만 평소의 훈련이 부족했던 존에게는 힘든 경기였다. 게다가 스퍼트를 너무 일찍 한 것 같았다. 가슴이 터질 것 같고 입에 침이 마르고 목이 탔다. 뒤에는 브리암영 선수들이 마차처럼 추격해왔다.

존은 고개를 하늘로 젖히고 손바닥을 밑으로 하여 죽을 듯이 달렸다. 심장이 곧 터질 것 같았다. 앞쪽 500미터 지점에 결승점이 보였다. 이미 다른 선수들은 그의 뒤로 처져 있었다. 하지만 존은 절대로 뒤돌아보지 않았다. 오로지 결승점만 생각하자. 지금 달리는 것에만 집중하자. 피로를 극복하는 가장 좋은 방법은 경기에 최대한 집중함으로써 그 피로를 '무시'하는 것이었다.

존 베이커의 시야에 결승점에서 두 팔을 벌리고 자신을 응원하는 어머니 아버지의 모습이 어렴풋이 들어왔다. 그 외에는 아무것도 보이지도, 아무것도 들리지도 않았다.

"여보, 저기 존이 와요! 가장 먼저 들어와요!"

"오, 정말 존이군. 너무 힘들어 보이는데. 존의 말이 맞았어. 우리가 결승점에 와 있길 정말 잘했어."

결승선을 통과한 존 베이커는 아버지의 품에 안기자마자 탈진하여 쓰러졌다.

그날 존은 그 자신이 아닌 해켓 코치를 위해서 달렸다. 종합 성적에서는 존의 걱정대로 광부의 모습을 한 브리암영 대학이 우승을 했지만 남자 크로스컨트리 경기에서는 뉴멕시코 주립대학의 존 베이커가 우승을 차지했다. 16분 17초의 기록이었다.

다음날 지역신문에는 시합 후 완전히 탈진한 채 부모에게 부축받고 있는 존 베이커의 사진이 크게 실렸다.

경기 내내 달리는 존의 머릿속에는 '해켓 코치를 위해 달리자'는 생각이 떠나지 않았었다. 해켓 코치는 존의 우상이자 부모와 같은 사

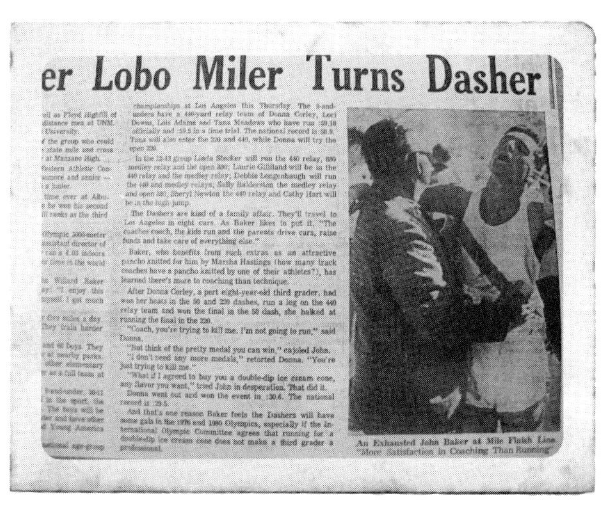

er Lobo Miler Turns Dasher

championships at Los Angeles this Thursday. The 9-and-unders have a 440-yard relay team of Donna Corley, Lori Downs, Lois Adams and Tana Meadows who have run :59.18 officially and :59.5 in a time trial. The national record is :58.9. Tana will also enter the 220 and 440, while Donna will try the open 220.

In the 12-13 group Linda Stecker will run the 440 relay, 880 medley relay and the open 880; Laurie Gilliland will be in the 440 relay and the medley relay; Debbie Longenbaugh will run the 440 and medley relays; Sally Balderston the medley relay and open 880; Sheryl Newton the 440 relay and Cathy Hart will be in the high jump.

The Dashers are kind of a family affair. They'll travel to Los Angeles in eight cars. As Baker likes to put it, "The coaches coach, the kids run and the parents drive cars, raise funds and take care of everything else."

Baker, who benefits from such extras as an attractive pancho knitted for him by Marsha Hastings (how many track coaches have a pancho knitted by one of their athletes?), has learned there's more to coaching than technique.

After Donna Corley, a pert eight-year-old third grader, had won her heats in the 50 and 220 dashes, run a leg on the 440 relay team and won the final in the 50 dash, she balked at running the final in the 220.

"Coach, you're trying to kill me. I'm not going to run," said Donna.

"But think of the pretty medal you can win," cajoled John.

"I don't need any more medals," retorted Donna. "You're just trying to kill me."

"What if I agreed to buy you a double-dip ice cream cone, any flavor you want," tried John in desperation. That did it.

Donna went out and won the event in :30.6. The national record is :29.5.

And that's one reason Baker feels the Dashers will have some gals in the 1976 and 1980 Olympics, especially if the International Olympic Committee agrees that running for a double-dip ice cream cone does not make a third grader a professional.

An Exhausted John Baker at Mile Finish Line
"More Satisfaction in Coaching Than Running"

신문에 실린 존 베이커의 사진과 기사

결승선을 통과한 존 베이커는 아버지의 품에 안기자마자 탈진하여 쓰러졌다.

람이었다.

휴 해켓Hugh Hackett은 뉴멕시코 주립대 육상팀 역사상 가장 훌륭한 성적을 낸 육상 코치였다. 1964년부터 1967년까지 서부지역 운동선수 연합 실내경기에서 연속 우승했고, 1963, 1965, 1966, 1968년 크로스컨트리 우승을 차지했다. 그가 코치를 맡은 동안 실내경기에서는 7위 이하, 실외 경기에서는 3위 이하로 내려간 적이 없었다.

그는 앨버커키 하이랜드 고등학교 선수 시절, 육상에서 일곱 번의 주州 우승과 미식축구에서 한 번의 주 챔피언을 따냈고, 코치로서는 뉴멕시코 주를 넘어 전 미국 육상 역사의 한 페이지를 장식했다. 그의 제자로서 아돌프 플러머가 세계기록을 경신했고, 딕 호워드는 로마 올림픽 400미터 허들에서 동메달을 획득했다. 그는 37명의 세계적인 선수를 길러냈고, 그가 유망주로 꼽는 선수 중 하나가 1마일 종목의 존 베이커였다.

해켓은 흑인 선수인 아돌프 플러머에게도 긍정적인 영향을 주었다. 한번은 텍사스 원정시합에 가는 도중 선수들은 모텔에서 휴식을 가졌다. 무더위에 땀으로 흠뻑 젖은 선수들이 수영장에 갔을 때, 물 속에는 사람들로 가득했다. 아돌프 플러머가 말했다. "내가 수영장에 들어가면 아마 한 명도 남지 않을걸!"

당시만 해도 유명한 흑인 선수가 별로 없었고, 흑인에 대한 차별이 알게 모르게 남아 있던 시절이었다. 하지만 해켓 코치는 플러머를 조금도 다르게 대하지 않았다. 그는 자신의 육상팀을 끈끈한 유대감으로 이끌었다. 또한 그는 권위의식이나 기존의 잘못된 관습을 과감히 깨뜨리고, 언제나 선수들 편에서 그들로부터 최선의 실력을 이끌어 냈다.

해켓이 미식축구 코치로 있을 때였다. 다른 코치들은 운동중에 선수들에게 절대 물도 마실 수 없게 했다. 긴장을 늦추지 않도록 하는 일종의 정신력 훈련인 셈이었다. 그러나 해켓은 힘든 훈련 틈틈이 휴식 시간을 주었다. 한 번은 선수들이 헬멧을 벗고 쉬고 있는데, 유독 타미 맥도널만이 헬멧을 벗지 않고 있었다. 해켓은 타미 뒤로 가서 헬멧을 벗겨주었는데, 놀란 타미가 입안 가득 얼음을 물고 삼키는 중이었다. 선수들은 모두 웃었다. 미국에서 가장 우수한 하프백 미식축구 선수가 된 타미 맥도널은 훗날 1981년, 해켓 코치와 함께 나란히 앨버커키 스포츠 명예의 전당에 오르게 된다. 명예의 전당에 오르던 날 해켓 코치는 존 베이커에 대해 언급했다.

"저에게는 아들과 같은 존 베이커가 있습니다. 코치와 선수간의 관계가 아버지와 아들 같은 관계로서는 대부분 고등학교에서는 가능하지만, 대학 선수들과는 그런 관계를 유지하는 것이 불가능합니다. 하지만 존은 달랐습니다. 그는 너무나도 사랑스러웠습니다. 그가 무릎 부상으로 연습하지 못하고 벤치에 앉아 있었는데, 그는 부상보다는 연습을 할 수 없다는 것에 대해 너무도 힘들어 했습니다. 저는 코치로서 그가 언제나 최선을 다했다는 것을 알고 있습니다. 존은 1964년 서부지역 선수연합 크로스컨트리 대회에서 저를 위해 달렸습니다. 그는 작년에 저보다 먼저 이 명예의 전당에 입회하였습니다."

해켓은 사실 코치 이전부터 영웅이었다. 2차대전 공군 조종사로서 비행기가 추락할 때 그는 불타는 비행기에서 부조종사를 구한 진정한 영웅이었다.

08

내 생애 최고의 시합

1965년 4월 3일 토요일, 뉴멕시코 주립대학교 스타디움.

뉴멕시코 주립대 로보 팀과 남캘리포니아 주립대 트로이 팀의 경기는 존 베이커에게 가장 드라마틱한 시합이며 그를 유명한 스포츠 스타로 만들어준 경기였다.

남캘리포니아 주립대학은 당시 최강의 육상팀을 보유하고 있었는데, 이전 20년 동안 126회의 우승과 단지 2패의 전적을 자랑하는 무적의 팀이었다. 대부분의 경기에서 트로이는 로보 팀보다 우세했다.

이 대회의 가장 흥미있는 경기는 존 베이커가 출전하는 1마일(1600미터) 경기였다. 뉴멕시코 주립대학에 로보의 희망 무적의 존 베이커가 있었다면 트로이에는 마의 4분대 벽을 깬 선수가 세 명이나 있었다. 빅3로 불리던 크리스 존슨, 더그 달헌, 그리고 부르스 베스가 그들이었다.

1마일 경기는 육상 트랙 경기 중 스피드와 지구력 두 가지의 체력적인 요소가 동시에 요구되는 가장 힘든 경기로 알려져 있다. 영국 출신 로저 배니스터Roger Bannister(1929～)가 4분대의 벽을 처음 깨기 전까지 1마일 경기에서 4분대의 벽을 깬다는 것은 불가능한 일로 여겨져왔다.

1954년 5월 6일, 25세의 옥스퍼드 의대생 로저 배니스터는 1마일 경주를 3분 59초 4로 주파하고 극심한 고통으로 쓰러졌다. 인간의 능력으로는 불가능하다고 여겼던 마의 '1마일 4분 벽'을 드디어 깬 것이다. 그의 역사적인 기록이 있은 얼마 뒤인, 6월 21일 호주의 존 랜디John Landy에 의해서 또다시 3분 58초로 기록이 경신되었다. 그렇게 오랫동안 깨지지 않던 4분대의 벽이 바로 46일 만에 다시 깨진 것이다. 그런데 더욱 놀라운 것은 1년 후에 37명이 4분 벽을 넘었고, 2년 만에 그 숫자는 수백 명으로 늘어났다.

도대체 어떻게 된 것일까? 1마일을 4분 안에 주파하는 것을 '인간이 할 수 없는 영역'이라고 생각했던 사람들이 막상 로저 배니스터에 의해 마의 '1마일 4분 벽'이 깨지자, 그렇다면 나도 할 수 있다고 생각했던 것이다. 로저 배니스터는 1마일 4분 벽을 깬 것이 아니라 '심리적 장벽'을 깬 것이다. 이것은 스포츠 심리학에 있어서 매우 중요한 사건으로 기록되어 있다.

이런 사실을 잘 알고 있는 존 베이커는 시합 전에 이미 자신감으로 충만해 있었다. 트로이의 빅 쓰리가 기록은 더 좋았지만, 존은 그들의 기록이 문제가 아니었다. 시합의 승패는 자신에게 있다고 믿었다.

사실 존은 상대가 강한 선수일수록 더 승부욕이 솟구치는 것을 느꼈다. 그가 지금까지 보여준 무패의 성적이 말해준다. 또 하나, 승리에 대한 확신은 바로 자기가 살고 있는 앨버커키 시에 있었다. 앨버커키는 1500미터 고도에 있다. 오늘 상대팀인 남캘리포니아 주립대는 해수면에 있다. 1500미터의 차이는 해수면에서 운동을 했던 남캘리포니아 주립대 트로이에게는 쉽지 않을 것이다.

트로이의 빅 쓰리 크리스 존슨, 더그 달헌, 부르스 베스는 손을 허리에 올리고 스트레칭을 하고 있었다. 관중석 건너편에는 장대높이뛰기 선수들이 오후 늦게 있을 시합에 대비해 몸을 푸는 중이었고, 여자 삼단멀리뛰기 시합은 이미 시작되었다. 대부분 트랙 시합은 오후 늦게 시작하므로 관중들은 계속 들어와 좌석을 채우고 있었다. 그들 중 대다수가 존 베이커의 1마일 경기를 보러 온 관중들이었다. 존 베이커는 아이들에게 둘러싸여 사인을 해주느라 여념이 없었다.

할랜드는 조금 떨어진 곳에서 아돌프 플러머Adolph Plummer와 얘기를 나누고 있었다. 플러머는 2년 전 400미터에서 세계 신기록을 수립해서 일약 스포츠 스타로 떠오른 인물이다. 플러머는 존 베이커와 함께 뉴멕시코 주립대학 육상팀의 간판 스타로, 앨버커키에 육상 경기가 있을 때는 두 사람을 보기 위해 많은 관중들이 몰려들었다.

장신에다 덩치도 커서 마치 그리스 신화에 나오는 거인처럼 생긴 플러머가 트랙을 달릴 때는 바람이 몰아치고 지축이 흔들리는 것처럼 파워풀했다.

플러머가 할랜드를 보며 말했다.

"존은 어떻게 나보다 더 유명해? 저기 트로이의 빅 쓰리가 있군. 그래도 존에게는 안될 거야. 앨버커키는 고지대잖아. 저 녀석들은 벌써 지친 것 같다고."

"플러머, 그래도 저들은 해수면 지대에서 충분히 운동을 해왔잖아. 우리가 고지대 산다고 다를 것은 없어. 우리는 고지대에 사니 저들보다 충분히 운동할 수 없잖아?"

"음. 그러면 고지대에 사는 이점이 없나?"

"고지대에서 사는 것은 도움이 되지만, 운동은 저지대에서 하는 것이 충분히 잠재력을 발휘할 수 있다고 하더라고."

"아. 그래? 그러고 보니 일전에 운동생리학 교수가 '고지대에서 살고 저지대에서 운동하라'는 타이틀로 수업을 한 적이 있는데 그때 너무 졸려서 무슨 말을 했는지는 기억이 안 나."

"그래, 그러면 저지대에서 훈련한 트로이가 고지대에서 사는 로보에게 이기나 보자."

"이봐, 할랜드. 그런데 왜 우리 마스코트가 로보야?"

"음. 플러머 너 스타 선수면 공부는 못하더라도 그 정도는 알아야 되는 거 아냐?"

"꽥."

플러머는 흑인 특유의 익살스런 표정으로 죽는 표정을 지었다.

"1892년 미식축구를 처음 시작할 때 운동선수들을 '대학소년'이라고 했다잖아."

"어휴 촌스럽긴, 난 대학소년이란 마스코트 이름으로 세계기록을 세우고 싶지 않아."

"그래 촌스럽지. 1917년에 학교 신문에 방울뱀, 사막악마, 코요테, 체리, 실버 이런 걸로 부르자는 말이 나왔다고 하더라고."

"체리? 그럼 내가 체리 모양을 가슴에 붙이고 뛰는 거야? 핑크색 유니폼 입고?"

"하하. 1920년 조지 브라이언이 미식축구 부장으로 있을 때 로보라는 이름을 처음 썼다고 하는데 로보는 스페인어로 늑대를 부를 때 쓰이는 말이지. 그가 로보라는 명칭을 제안했을 때 아주 열렬하게 받아들여졌다고 하더군."

"체리보다야 훌륭하지."

"그것뿐만이 아니라고. 로보는 아주 교활한 것으로 유명하잖아? 아주 용감해서 두려움의 대상이고, 항상 무리지어 다니고 거기에는 우두머리가 있지."

"존이 교활하게 이길 것이 틀림없어."

"무슨 소리야?"

"오늘 존은 빅 쓰리를 앞에다 두고 하나씩 처치하겠다던데?"

"오. 그거 너무 잔인한데?"

"그러니 로보지. 마스코트 이름을 정말 잘 지었구먼?"

둘은 유쾌히 웃으면서 존의 경기를 기다렸다.

장내 아나운서의 목소리가 들렸다.

"남캘리포니아 주립대의 트로이 팀이 모든 경기에서 우세가 점쳐지고 있는 가운데 트랙 경기에서 가장 힘든 경기 중 하나라는 1마일 경기에 관심이 모아지고 있습니다. 기록상으로만 보면 상위 세 명 모두 남캘리포니아 주립대 선수들입니다. 뉴멕시코 주립대 로보의 '무적의 존 베이커'에게 관심이 쏠리고 있습니다만, 트랙 경기 전문가들은 '무적의 존 베이커'의 명성은 오늘로 끝이 될 것이라고 합니다."

장내 아나운서의 말을 들은 할랜드와 플러머가 우~ 하는 가벼운 야유를 보냈다. 아나운서의 말이 이어졌다.

"그렇지만 오늘 오전 제가 존 베이커의 동료 할랜드와, 재작년 400미터 세계기록을 세운 역시 존 베이커의 동료 아돌프 플러머를 인터뷰했는데, 그들은 존 베이커가 무적인 이유가 있다고 합니다. 그는 마치 승부사처럼 컨디션보다는 상대를 생각하고 뛴다고 합니다. 그는 작년 미국 랭킹 4위, 올해 랭킹 1위라고 알려진 짐 라이언Jim Ryun(이후 1965~1968년 미국 랭킹 1위, 1966년, 1967년 세계 랭킹 1위)과 역시 우수한 선수인 존 로러 등 우수한 1마일 선수들을 이긴 바 있습니다. 존에게 유리한 점은 앨버커키의 고도가 높다는 것 말고도 또 있습니다. 바로 이곳은 그의 홈타운입니다. 대부분의 관중이 존 베이커를 응원하고 있습니다. 오늘 베이커를 인터뷰하려 했지만 너무나 많은 팬들에게 둘러싸여 그를 인터뷰할 수도 없었습니다. 대신 세계기록 보유자 플러머는 이렇게 얘기하더군요. 트로이의 빅 쓰리는 1972년 뮌헨에서 개최될 올림픽행 티켓을 끊어 갈 것이라고요. 존 베이커의 경기를 보기 위해서죠. 참으로 플러머는 유쾌한 선수였습니다. 존에 대한 그의 믿음은 대단했습니다."

관중들은 환호와 박수로 아나운서의 말에 호응했다. 이어 1마일 선수들이 입장하자 뉴멕시코 주립대학 학생들의 응원이 시작되었다.

"오너라! 너희들 뉴멕시코! 왕의 아들들!"

"경기장에 행진하라. 너를 위해 싸워라!"

뉴멕시코 육상팀. 맨 왼쪽이 존 베이커

University of New Mexico Department of Athletics 제공

"만세! 만세! 만세!"

"이제 굳게 맹세한다. 절대로 지지 않을 것을!"

"끝까지 싸운다. 절대 양보란 없다!"

"와라! 와라! 와라!"

아나운서가 응원에 대한 부연 설명을 했다.

"뉴멕시코 주립대학 응원가는 1930년 리나 클라브 음악대학 학장이 작곡하고 조지 세인트 클레어 교수가 작사하였습니다. 이제 뉴멕시코의 슈퍼스타 존 베이커와 트로이 팀의 빅 쓰리가 격돌하기 일보 직전입니다."

뉴멕시코 응원단의 응원으로 장내 분위기는 최고조에 달했다.

관중들은 이미 고등학교 때부터 1마일과 크로스컨트리 슈퍼스타였던 존 베이커를 보기 위해 관중석을 가득 메웠다. 존은 남캘리포니아 주립대학의 빅 쓰리와 다른 학교 주자들과 함께 출발선에 섰다. 드디어 이날 경기의 하이라이트 1마일 경기가 시작되는 것이다.

"준비!"

탕!

관중들의 환호와 박수 소리와 함께 이날의 가장 흥미진진한 경기가 시작되었다.

뉴멕시코 주립대학의 존 베이커가 바로 선두로 나왔다. 관중들은 더 많은 갈채와 환호를 보냈다.

"존! 존!"

"존 뛰어!"

"무적의 존 파이팅!"

가장 선두인 존을 관중들은 열정적으로 응원했다. 하지만 트랙을 한 바퀴 돈 후 트로이 세 선수가 차례대로 존을 제쳤다. 어쩐 일인지 존은 당황하지 않았다. 오히려 관중석 가까운 레인에 이르자 존은 손가락 네 개를 펴 보였다. 그는 전혀 지쳐 보이지 않았다.

할랜드와 플러머는 크게 웃었다. 그들은 존이 지금 전력을 다하지 않고 4위로 뒤처진 것이 전략인 것을 알고 있었다.

뉴멕시코 주 관중들도 그들의 존이 이제 마지막 스퍼트를 할 것을 이미 안다는 듯이 모두 일어서서 환호하며 박수를 보냈다.

"라스트 스퍼트!"

"라스트 스퍼트!"

마지막 한 바퀴가 남았다는 종이 울리고 커브 지점에 이르자 존은 레인 바깥 쪽으로 치고나갔다.

"그래, 존! 지금이야!"

할랜드가 소리쳤다.

순간 존의 얼굴이 일그러지기 시작했다. 사력을 다해 달릴 때 나타나는 모습이었다. 일그러진 얼굴과 독특한 달리기 스타일이 어우러져 더 특이하게 보였다. 존은 무서운 속력으로 내달려 남캘리포니아 트로이의 세 번째 주자를 젖히고, 앞의 두 명을 향해 달렸다. 트로이 두 명의 주자는 존이 뒤따라오는 소리에 잠시 속력을 내는 듯했으나

이미 그들에게는 남은 에너지가 없었다. 존은 두 명의 주자를 하나씩 제치고 결승선을 돌파했다. 두 번째 주자와는 무려 3초의 차이가 났다. 양손으로 V자를 그리며 결승 테이프를 끊는 그의 모습에 관중들의 환호가 쏟아졌다.

존 베이커는 1972년 뮌헨 올림픽에 참가할 것만을 꿈꾸고 있었지만, 그의 바람과는 달리 이 경기가 그의 생애에 가장 영광스럽고 자랑스러운 경기로 마무리되고 만다.

존의 우승으로 로보 팀의 사기는 하늘을 찌를 듯했고, 다른 경기에서도 최선을 다해 98.3 대 46.6이라는 점수로 2위를 한 트로이 팀을

존은 비록 1마일 4분대를 깨지 못했지만, 남캘리포니아 주립대의 빅쓰리 선수들을 물리침으로써 '무적의 존 베이커'라는 명성을 지켰다.

무려 두 배의 점수 차로 따돌리고 우승했다. 이것은 남캘리포니아 주립대학에게는 65년 동안 세 번째로 나쁜 성적으로 패한 치욕적인 시합이었다. 존은 비록 4분대를 깨지 못했지만, 트로이의 세 선수들을 물리침으로써 '무적의 존 베이커'라는 명성을 지킬 수 있게 되었다.

다음날 신문들은 일제히 결승선을 통과하는 존 베이커의 사진을 크게 싣고 그에 대한 찬사로 기사의 제목을 뽑았다.

'존 베이커: 그의 미소를 한 번도 잃은 적이 없는 승자!'

'존 베이커에게 찬사를!'

'그의 비정상적인 주법에도 불구하고 베이커 우승하다!'

'뉴멕시코 주립대 코치 해켓, 존 베이커를 선택하다!'

'베이커, 뉴멕시코에서 가장 빠른 1마일 러너'

'대학 졸업 후, 베이커의 향방은?'

'베이커 아직도 달리고 있다.'

'베이커 다음 경기는 올림픽?'

09

에스펜 초등학교에 부임하다

1959년 미국이 베트남전쟁에 개입을 시작한 이후, 1964년 8월 2일 통킹 만Gulf of Tonkin 사건이 터졌다. 통킹 만에서 미국 구축함이 북베트남 어뢰정의 공격을 받은 사건이었다. 8월 7일, 존슨 대통령은 전쟁 수행 권한을 의회에 요구했고, 미 의회는 압도적 다수로 이른바 '통킹만 결의'를 승인했다. 이 사건을 계기로 미국은 국내적으로는 베트남전쟁에 개입하는 대의명분을 얻어 1965년부터는 폭격기를 투입하여 북베트남을 폭격하고 지상군을 대량 파견하기 시작했다. 이때부터 미국은 베트남전쟁에 막강한 물량과 인원을 투입하기 시작했고, 청년들에게는 징집령이 내려졌다.

존 베이커도 1966년 9월 병역의무 등록을 했고, 해병 장교학교에 지원했다. 징병을 위한 신체검사를 받던 날, 담당의사는 그가 평발이라는 것을 확인해 주었다. 엑스레이 필름을 들여다보던 담당의사가 고개를 갸웃하며 물었다.

"베이커 씨, 왼쪽 고환에 작은 결절이 있군요. 이것 때문에 불편한 적이 있었나요?"

필름 속 그의 왼쪽 고환에는 작은 결절이 희끗하게 보였다.

"네? 아닙니다. 저는 그런 것이 있었는지도 몰랐습니다. 그게 문제가 되나요?"

"아닙니다, 아프지 않다면 신경쓰지 않으셔도 됩니다. 그렇지만 당신의 평발이 결격 사유가 될 수는 있습니다."

몇 주 후 존 베이커는 징병담당 의사로부터 불합격 통보를 받았다. 그가 평발을 가졌다는 이유에서였다. 하지만 그 통지서에는 고환 결절에 대해서는 한마디의 언급도 없었다.

1967년 뉴멕시코 주립대학을 졸업한 후 존은 캘리포니아 오클랜드 시에 있는 아테네 운동클럽의 부감독으로 일하기로 했다. 존이 이 클럽을 택한 이유는 클럽의 감독 밥 스컬Bob Schul 밑에서 트레이닝을 받기 위해서였다. 밥 스컬은 1964년 도쿄올림픽 5000미터 금메달리스트이자 뛰어난 지도자였다.

아테네 운동클럽에서 존 베이커는 그동안 계속 문제가 되었고, 자주 지적 받았던 트레이닝 폼과 달리는 방법, 달릴 때의 템포 등에 대해 밥 스컬에게 교육을 받았다. 지금까지의 베이커가 앞 사람의 등과 결승선만을 보고 달렸다면, 그때서야 비로소 시계를 보면서 스피드를 조절하며 달리는 법을 배웠다. 이런 트레이닝을 받기 전에는 기록보다는 우승을 목표로 달렸었다. 그렇게 값진 1년을 보냈다.

밥 스컬의 지도 덕분에 존 베이커는 텍사스 주 포트워스Fort Worth에서 열린 1마일 실내 트랙경기에서 4분 03초로 당시 세계에서 여덟 번째로 빠른 기록을 갖게 되었다. 밥 스컬은 훗날 회고하기를 자신이 그동안 지도한 선수 중에 올림픽 금메달을 딸 수 있는 수준의 육상 선수가 두 명 있었는데, 그 중 한명이 바로 존 베이커였다고 밝혔다.

밥 스컬 밑에서 1년 동안 필요한 것을 충분히 배운 존은 앨버커키로 돌아왔다. 캘리포니아에 머무르는 동안 마리 앤이라는 아름다운 연인도 만나게 되었고, 앨버커키로 돌아가면 결혼하기로 약속했다.

존 베이커에게는 두 가지 꿈이 있었다. 하나는 1972년 뮌헨 올림픽에 출전해 금메달을 목에 거는 것이고, 다른 하나는 아이들을 가르치는 교사가 되는 것이었다. 그 두 가지 꿈에 한 발짝 다가갈 기회가 생겼다. 신설 초등학교인 에스펜Aspen 초등학교에 체육 선생님으로 계약이 된 것이다. 올림픽을 준비하기 위해서는 훈련을 해야만 했는데, 학교 선생님으로 가면 오전에는 아이들을 가르치고 오후 시간엔 자신의 올림픽 출전을 위한 훈련을 할 수 있었다.

이 초등학교는 31대 대통령 허버트 후버의 이름을 딴 후버Hoover 중고등학교의 부속으로, 후버-에스펜 학교Hoover-Aspen School라고 임시로 이름이 지어졌다. 그래서 아직 독립적인 학교로서는 인정을 받지 못하는 단계였다.

체육 선생님으로 부임하면서 존 베이커에게 스타 운동선수로서가 아닌 또 다른 면모가 나타났다. 교육자로서의 품성과 자질이었다. 그는 아이들을 좋아했고 진지하게 대했다.

그리고 "시도도 하기 전에 포기하지 말자", "일단 시작했으면 끝나기 전에는 절대 중단하지 말자"라고 늘 강조했다. 이것은 그가 운동선수로서 경험한 바였고, 이것을 아이들에게도 심어주고 싶었다. 그에게 있어서 패배자, 낙오자는 없었다. 그의 앞에서는 모든 아이들이 평등했고, 한명 한명이 똑같이 소중했다. 그는 아이들의 단점이 아닌 그들에게 잠재해 있는 장점을 발견하고 이끌어내어 길러주려 했다.

존은 체육수업을 최대한 효과적이고 흥미있게 만들기 위해 다양한 프로그램을 만들었는데, 매 수업시간마다 새로운 장비들을 구비하기 위해 이리저리 뛰어다녔다. 비가 오는 날에는 에스펜 체육관에서 아이들에게 흥미있는 프로그램을 제공하기 위해 노래도 부르고 솜브레로sombrero(챙이 넓은 멕시코 전통 모자)도 쓰는 등 재미있는 수업을 위해 궁리하고 노력했다.

그는 스포츠의 경기에 관한 규칙을 아이들의 수준에 맞게 연구하여 가르쳐주고 스포츠 활동을 즐길 수 있도록 했다. 모든 학생이 참가하도록 격려하고, 학생들이 잘하든지 못하든지는 중요하지 않았다. 대신 최선을 다하고 거기에 이전보다 조금만 더 최선을 다하기를 항상 당부했다.

존은 체육 수업 외에 아이들이 다른 일로 자신들의 문제를 가져오면 세상에서 가장 중요한 문제로 취급했다. 아이들은 항상 체육시간을 기다리며 자신들에게 문제가 있을 때는 언제나 베이커 선생님과 의논하고 싶어했다. 그런 베이커 선생님은 아이들에게는 슈퍼맨과 같은 존재였다. 그는 뛰어난 코치 능력과 훌륭하고 사려 깊은 체육 선생님으로서 인정받게 된 것이다.

존 베이커는 중고등학교와 대학교를 거치는 동안 자신을 지도한 여러 코치로부터 다양한 영향을 받았다. 고등학교 야구팀 코치에게 비웃음을 들은 것은 평생의 상처로 남아 있었다. 그런 그였기에 코치의 부정적인 면, 긍정적인 면, 또는 인간적인 면 등에 대해 누구보다도 진지한 인식을 갖고 있었다. 그의 교육 철학은 어느 교육학자보다도 훌륭했다.

10

마지막 경기의 스톱워치가 눌러지다

에스펜 초등학교에서 북동쪽으로 차를 몰아 15분 정도 가면 웅장하고 거대한 샌디아 산이 나온다. 그 샌디아 산 언덕은 존 베이커의 크로스컨트리 훈련 코스이기도 했다. 산 언덕은 뉴멕시코의 환경답게 매우 건조하고 거칠었다. 사막이라고 하지만, 모래사막 정도는 아니고 땅도 매우 단단하다. 밝은 황색의 사막 식물들이 있어, 대부분 잔디로 되어 있는 공원과는 전혀 분위기가 다르다.

그는 잔디가 깔린 공원에서는 산책 나온 사람들 때문에 훈련에 집중할 수가 없었다. 그런데다 연습시 혼자서 집중하는 것을 좋아했기 때문에 비록 경기장 트랙은 아니지만, 항상 수업이 끝난 후 샌디아 산 언덕에서 연습을 했다. 그가 대학의 코치 자리를 마다하고 초등학교 교사가 된 것도 오후 시간을 자신의 올림픽 1마일 훈련에 쏟기 위해

샌디아 산 언덕은 존 베이커의 크로스컨트리 훈련 코스이기도 했다. 산 언덕은 뉴멕시코의 환경답게 매우 건조하고 거칠었다.

서였다.

1969년 5월 말, 존은 수업을 끝내고 자신의 스포츠카를 몰아 자신만의 훈련 장소인 샌디아 산 언덕에 도착했다. 차에서 스파이크로 갈아신고 트레이닝복으로 갈아입었다. 잠시 스트레칭으로 몸을 푼 후 스톱워치를 잡았다. 앞뒤로 몸을 흔들어 반동을 준 후 스톱워치를 누르며 힘차게 뛰어나갔다. 1마일 경기가 주종목인 존의 속도는 처음부터 빨랐다. 학교에서 벗어나서 자신만의 훈련 시간은 존에게 중요하면서도 행복한 시간이다. 그는 기분을 만끽하듯 거친 사막 언덕을 향해 힘차게 내달렸다.

200미터 정도 뛰었을까. 갑자기 복부와 가슴에 예리한 것에 찔린 듯한 통증이 왔다. 그는 배를 움켜쥐고 그 자리에 쓰러졌다. 몸속에서 커다란 소리가 나는 것 같았다. 눈앞이 흐릿해졌다.

빠른 속도로 달리고 있어서 무릎과 팔꿈치 얼굴에 상처를 입은 것일까? 바닥에 엎드린 채 생각했다. 들짐승으로 착각한 사냥꾼의 총에 맞은 게 아닐까? 통증은 너무나 날카롭고 뒤틀리는 느낌이었다.

잠시후, 정신을 차리고 차를 향해 기어가기 시작했다. 그러나 얼마 가지 못해 다시 몸을 뒤틀며 고통스러워했다.

"오. 세상에. 이런 통증이…."

존은 다시 쓰러졌다. 주위를 살펴보았지만, 핏자국은 없다. 다행히 총에 맞은 것 같지는 않았다. 그렇다면 이 통증은 도대체 무엇인가? 그의 눈앞에는 스톱워치가 떨어져 있었다. 스톱워치의 바늘은 계속 돌아가고 있었다. 이대로 엎드려 고통이 잦아들기를 기다리는 수밖에 없었다.

그날 저녁 존은 학교 앞 레스토랑에서 할랜드를 만났다. 할랜드 역시 대학을 졸업하고 주니Zuni 초등학교에서 체육 교사로 일하고 있었다.

"존, 토니 알지?"

할랜드는 음료수를 마시며 약간 흥분한 듯 말했다.

"토니 샌도벌Tony Sandoval? 몽고메리 초등학교의?"

"그래. 여자 육상클럽 앨버커키 올림펫클럽에 문제가 있었는지 몇몇 여학생들이 탈퇴를 했대. 그런데 토니가 그 아이들을 맡아서 코치를 한다더라고. 그 아이들과 자신의 학교에서 육상에 관심이 있는 소녀들을 포함시켜서 '듀크시의 질주자들DCD'이라는 팀을 만들었다는데 인원이 적어서 팀으로 등록이 되지 않는다는 거야."

"팀이라고 하기엔 수가 너무 적어서?"

존은 의자 등받이에 몸을 젖히며 다리를 탁자 위로 올렸다. 무릎에는 붕대가 감싸져 있었다.

"토니가 나와 우리 주니 초등학교의 부코치에게 우리 학교 여자애들 중에서 달리기에 관심있는 아이들을 '듀크시의 질주자들' 팀에 참여해주기를 부탁했어. 로웰 초등학교의 짐 시카랄로Jim Ciccarello도 참여하기로 했고."

“와, 뉴멕시코 주립대 중거리 육상팀 로보Lobo들이 다 모였네?”

“그래, 너만 함께 해주면, 육상팀 졸업생들 중 초등학교 선생님들이 다 모이게 되는 거야.”

“할랜드 미안해. 나는 지금도 너무 바빠. 아침부터 아이들하고 지내야 하고, 너도 알다시피 오후에는 내 훈련도 해야 하고….”

“알았어, 존. 그렇게 알고나 있으라구. 그건 그렇고 훈련은 잘돼가? 근데 무릎은 왜 다쳤어? 그러고 보니 얼굴에 웬 상처야?”

“오늘 메사(스페인어로 ‘언덕’이란 뜻)에서 훈련중에 넘어졌어.”

“그런 곳에서 훈련을 하니까 그렇지. 학교 트랙에서 해야지. 이제 너는 크로스컨트리보다는 1마일에 집중하지 않나?”

“크로스컨트리를 연습하는 것은 아니야. 나는 혼자 뛰는 게 좋아. 알다시피 나는 집중하면 다른 것은 생각하지 못하는 타입이잖아? 게다가 그 지형은 뛰기에는 괜찮아. 내겐 마치 트랙 경기장처럼 편안해. 그런데 그 지형 때문에 넘어진 게 아니야.”

“그럼?”

“첨엔 사냥꾼의 총에 맞은 줄 알았어. 엄청난 통증이 복부와 가슴을 칼로 베는 느낌이었어. 바로 쓰러져 버렸지.”

“존, 너 가슴에 어디 이상이 있는 게 아니야? 예전에도 숨쉬는 게 좀 불편하다고 하지 않았나? 그리고 항상 셔츠 단추를 풀어놓고 다니기도 하잖아.”

“그런 적이 있지. 나는 항상 훈련을 열심히 하잖아? 그래서 근육통 정도로 생각했는데 이번에는 그런 느낌이 아니었던 것 같아. 게다가 생각해 보니 통증이 자주 오고 있었어!"

"존, 당장 내일 의사를 만나 보도록 해."

"할랜드, 걱정하지 말라고. 곧 있으면 방학이니, 방학 하고 가볼 거야."

"이봐. 존, 네가 정말 내 친구라면, 그러지 말고 내일 당장 병원에 가보도록 해."

존은 할랜드의 간절한 눈빛을 마주하자 차마 거절하지 못했다.

"그러지. 내일 오후에 가도록 약속을 잡아볼게."

"좋아. 존. 그럼 믿어."

친구 할랜드 앞에서는 바로 병원에 가겠다고 약속했지만, 그러나 존은 방학 후에 병원에 예약하려고 마음 먹었다.

그러나 문제는 다음날 발생했다. 존은 침대에서 일어났을 때 사타구니에 이상한 느낌을 받았다. 가슴선 역시 매우 예민해져서 팔을 들어올리기조차 불편했다. 그는 사타구니 부분을 확인해 보았다. 왼쪽 고환이 엄청나게 부어 있었다. 불현듯 한 가지 생각이 떠올랐다.

"탈장인가?"

존은 천천히 일어나 아침 준비를 하는 어머니에게 다가갔다.

"어머니 탈장인가 봐요. 병원에 가야 할 거 같아요."

폴리 베이커는 몹시 놀라며 일하던 손길을 멈추었다.

"당장 병원에 가자, 존. 내가 의사에게 전화를 하겠다."

"아직 여름방학을 하려면 일주일 정도 남았는데 낭패군요. 아이들하고 할 것이 많은데…."

"존, 지금 무슨 소리야. 어서 학교에 전화를 해라."

그날 오전 존은 가슴선이 단단해지고 부풀어오른 것에 대해 그의 가정의 닥터 폴린스태드에게 진료를 받았다. 그러나 왼쪽 고환의 문제는 탈장에 의한 것이 아닌 것 같았다. 폴린스태드는 그를 비뇨기과 의사 에드 존슨에게 보냈다.

그날 오후 존은 닥터 존슨의 병원을 방문했다. 닥터 존슨은 30대 중반의 젊은 의사로, 짧은 머리에 당당한 체격과 시원시원한 말투를 가진 비뇨기과 전문의였다.

"존, 닥터 폴린스태드가 정확히 보았습니다. 당신은 탈장이 아닙니다. 아마도 고환암인 것 같습니다. 암인지를 확인하기 위해서 수술을 바로 하도록 합시다."

존은 예상치 못한 진단 결과에 당황스러웠다.

"만약에 암이면, 왼쪽 고환을 제거해야 할 것입니다. 제거하면서 동시에 암의 진행 상태를 검사할 것입니다."

고환을 제거해야 한다고? 그리고 암의 진행 상태를 본다고?

"선생님, 저는 그동안 전혀 문제가 없었습니다. 갑자기 고환암이라니요?"

"고환암은 특별한 증상이 없는 경우가 많습니다. 그래서 결혼하기 전에는 스스로 발견하기가 쉽지 않죠. 그리고 당신처럼 20대에 많이 생긴답니다. 이전에 어떤 증상이나 문제를 발견하지 못했나요?"

"네, 그렇습니다. 이전에… 아니… 잠깐만… 있었어요. 제가 2년 전 베트남전쟁에 해병대 장교로 지원하려 했을 때 징병담당 의사가…."

존의 목소리가 약하게 떨려 나왔다.

"그가 뭐라고 했습니까?"

"왼쪽 고환에 작은 결절이 있다고… 제가 아무런 불편을 느끼지 못한다고 하니, 그렇다면 괜찮다고…."

"아마 그때가 초기였던 것 같습니다. 아쉽군요. 작은 결절이었으면 95% 이상 치료할 수 있지요."

"그럼 2년이 지난 지금은 어떻습니까?"

"그것이 당장 수술을 해야 하는 이유입니다. 그래야 진행 상태, 암의 종류를 알 수 있으니까요. 그리고 고환은 하나만 있어도 정상적인 기능을 할 수 있습니다."

"아직 학기중인데요. 일주일만 연기하면 안 되겠습니까?"

존은 일주일만 있으면 봄 학기가 끝나는 것을 염두에 두고 있었다. 그는 한번도 결근을 해본 적이 없었고, 그를 기다리는 많은 아이들의 얼굴이 떠올랐다.

"안됩니다. 바로 수술해야 합니다. 지금은 금요일이니 다음주 월요일 아침으로 수술 예약을 잡도록 합시다."

닥터 존슨은 확고하게 대답했다. 존은 그저 고개를 끄덕일 뿐이었다.

"한 가지만 여쭤보겠습니다, 닥터 존슨."

"말씀해 보세요, 존."

"저는 육상 선수입니다."

닥터 존슨은 머리를 끄덕이며 말했다.

"존, 당신이 뉴멕시코의 스타 선수인 걸 잘 알고 있습니다. 게다가 저희 아이가 에스펜 초등학교에 다니고 있고요. 이번 수술을 해봐야 객관적으로 당신에게 말해줄 수 있을 겁니다."

"무얼 객관적으로 말씀해 주실 수 있다는 것이죠?"

"암이 악성인지, 그리고 또 다른 수술이 필요할 것인지에 대해 말입니다. 왜냐하면 이런 종류의 종양은 진행이 매우 빨라 만일 치료가 늦어지면 림프선으로 전이되어 치명적인 암이 될 수 있기 때문입니다."

존은 의사가 자신이 달릴 수 있을지 없을지가 아닌, 앞으로의 수술에 대한 얘기를 하고 있는 것으로 보아 상태가 나쁘다는 것을 직감했다. 그는 자신의 몸속에 암덩어리가 자라고 있다는 사실보다 이 말을 어떻게 부모님께 말씀드릴 수 있을지가 걱정스러웠다.

그날 밤 존은 뉴멕시코 주립대학교 북쪽 캠퍼스에 있는 의과대학 도서관에서 악성 종양, 고환암, 고환 종양 등에 관해서 찾아보았다. 그는 자신의 병의 심각성이 자신이 앞으로 운동을 계속할 수 있을지 없을지의 문제가 아닌, 자신의 생명과 관련하여 치명적일 수도 있다는 사실을 알게 되었다.

1969년 6월 2일, 월요일.

닥터 존슨은 존의 왼쪽 고환을 제거하고 종양 세포를 생검 적출했다. 종양은 닥터 존슨의 예상대로 악성이고 불행히도 말기로 밝혀졌다. 닥터 존슨은 회복실에서 존의 부모에게 수술 경과에 대해 말했다.

"미세스 폴리, 미스터 잭, 유감입니다. 악성으로 밝혀졌습니다. 배아세포암종입니다. 악성 배세포 종양의 하나로 남성의 고환에서 발견됩니다."

폴리와 잭은 인생이 산산이 깨지는 기분이었다. 그들은 아들의 종양을 빨리 발견한 줄 알고 있었던 것이다. 그런데 종양이 이미 2년 전부터 진행해 오고 있었다니!

"악성이라는 것은 무슨 의미죠?"

"양성 종양과는 다르게 인접한 장기로 퍼져갈 수 있습니다. 존은 복부와 가슴에 통증을 호소했기 때문에 다음번에는 존의 복부를 열어봐야 할 것 같습니다."

존은 이미 며칠 전 도서관에서 자료들을 찾아보아 자신의 암에 관해 이미 알고 있었지만, 부모님께는 아무 말도 하지 않았었다.

"존, 우리는 너를 위해서 무엇이라도 할 준비가 되어 있다. 걱정하지 마라."

폴리 베이커는 아들의 손을 꽉 잡았다. 어느새 그녀는 안정을 되찾고 있었다.

그후 존은 입원해서 이틀 동안 여러 번의 화학요법을 받은 후 퇴원했다. 그리고 가슴과 복부를 절개하여 암이 다른 장기에 전이되었는는지를 점검할 수술 날짜를 기다렸다.

6월 17일, 존의 두 번째 수술 날짜가 잡혔다고 병원에서 연락이 왔다.

직장에서 돌아온 폴리와 잭, 그리고 존은 주방 식탁에 모여 앉았다.

"질과 로버트를 부를까요?" 폴리가 잭에게 물었다. 질은 알라모고도Alamogordo에 살고 있었고, 로버트는 콜로라도 스프링 공군기지에서 근무중이었다. 잭과 폴리는 존의 동생들을 부르기로 결정했다.

그러는 동안에도 존은 아무 말이 없었다. 그는 약혼녀 마리 앤에 대해 생각하고 있었다. 그녀에게 어떻게 알려야 하지? 그것은 쉽지 않은 일이었다.

존은 캘리포니아에 있는 약혼녀 마리 앤에게 전화를 걸었다. 그녀는 몹시 반가워하며, 하도 연락이 없어서 그가 죽은 줄 알았다고 농담을 했다. 존은 결혼에 대해 다시 생각해보자고 어렵사리 얘기를 꺼냈고, 앤은 충격을 받은 듯 수화기 너머에서 아무 말도 들리지 않았다.

잠시 존은 침묵했다가 "나는 아직 준비가 안 되었고, 올림픽도 준비해야 하고…"라며 말끝을 흐렸다.

"나를 더 이상 사랑하지 않는다는 뜻인가요?"

"……."

그건 아니라고, 말하고 싶었지만 존은 아무 말도 하지 않았다. 자신이 암에 걸려 죽어가고 있다는 말은 차마 할 수 없었다. 처음 만났던 때처럼 훌륭하고 멋진 운동선수로 그를 기억해주기를 바랄 뿐이었다. 한동안 두 사람은 말없이 수화기를 들고만 있었다. 마리 앤이 먼저 전화를 끊었다.

그날 존은 진정으로 아팠다.

두 번째 수술을 기다리는 2주일 동안 로버트와 질이 방문했고 존의 친구들은 그의 기분을 북돋우기 위해 조촐한 파티를 열어주고 피크닉을 갔다.

존의 친구 마이넷이 캠핑카를 가져와 존과 친구들, 로버트, 질을 데리고 앨버커키를 가로질러 흐르는 리오그란데Rio grande 강가의 별장에서 파티를 열었다. 리오그란데 강가에서는 샌디아 산이 한눈에 들어온다.

파티가 무르익고 앨버커키에 노을이 질 즈음 샌디아 산은 노을을 받아 붉은색으로 물들어갔다. 늘 보던 광경이지만 존에게는 그날따라 샌디아 산의 광경이 너무나 아름다웠다.

산 주위로 에스펜 초등학교, 뉴멕시코 주립대학, 만자노 고등학교, 산 아래 그가 훈련하던 언덕들이 눈에 들어왔다. 그리고 지금 주변에는 친한 친구들, 사랑하는 동생들이 그를 위해 파티를 열어주고 있다. 이런 상황에서 죽어가고 있는 자신에게 갑자기 화가 치밀어 올랐지만, 형제들과 친구들이 있는 곳에서 화를 낼 수도 없었다.

샌디아 산은 붉은색으로 아름답게 물들고 있었다. 산 정상에서 내려다보는 앨버커키와 뉴멕시코는 얼마나 아름다웠던가. 다시 한번

그 광경이 보고 싶다. 존은 샌디아 산 정상에 오르고 싶은 충동을 느꼈다.

주일날 교회에 다녀온 폴리는 저녁에 있을 존의 생일 파티를 위해 음식을 준비했다. 존의 생일은 며칠 후였지만, 로버트와 질이 와 있어서 그날 저녁 존의 생일파티를 당겨서 하기로 했다. 다음날은 존의 수술날이었다. 앨버커키의 날씨는 1년 365일 중 330일 정도가 화창하지만 오늘따라 구름이 끼어서 낮부터 날씨가 좋지 않았다. 폴리는 그런 날씨 때문에 존의 기분이 더 우울할까봐 근심스러웠다. 파티 음식을 준비하는데 존이 방에서 나왔다.

"어머니, 잠시 좀 나갔다 오겠습니다."

순간 폴리는 섬뜩한 기분이 들었다. 존의 표정이 몹시 굳어 있었기 때문이다. 친구들과 동생들이 찾아와 주었어도 존의 가슴속에 가득 찬 분노가 사라지지 않음을 어머니의 느낌으로 알 수 있다. 그러나 폴리는 내색하지 않았다.

"그래, 갔다 오렴. 오늘 저녁 네 생일파티가 있는 걸 알지?"

존. 제발. 아무 일 없기를… 폴리는 기도하는 수밖에 없었다.

11

벼랑 끝에서 삶을 만나다

앨버커키 시 북동쪽에 있는 3255미터의 샌디아 산은 웅장하고 거대했다. '샌디아'라는 이름은 스페인어로 '수박'을 뜻한다. 산의 반대편에서 노을이 질 때 비치는 붉은색의 장엄함 때문에 붙여진 것이라는 설이 있고, 또는 이곳에 살던 인디언 샌디아 부족에서 유래된 이름일지 모른다고도 했다.

앨버커키에서 샌디아 산 정상으로 가기 위해서는 시내에서 곧바로 가지 못하고 고속도로를 이용해서 우회해서 올라가야 한다.

존은 샌디아 산 정상을 향해 빠른 속도로 스포츠카 트라이엄프Triumph를 몰았다. 어느새 구름이 걷히고, 평소의 화창한 앨버커키 날씨로 돌아와 있었다. 뉴멕시코의 따가운 햇볕은 오픈카 위로 그대로 쏟아져들어와 운전할 때마다 존의 시야를 방해했다. 그는 무작정 산 정상으로 차를 몰았다. 포장도로에서 비포장 길로 접어들어 한참을 달려 샌디아 산 정상 바로 아래에서 차를 멈췄다. 산꼭대기에 서면 바로 낭떠러지로 이어지는 아찔한 곳이다.

차에서 내려 산 정상에 올라서니 앨버커키 시내가 한눈에 들어온다. 멀리 시를 벗어나 뉴멕시코 주의 광활하고 황량한 사막지대와 그 너머 지평선까지 눈에 들어온다.

여러 번 왔던 곳이지만 예전의 그 느낌은 온데간데없다. 예전엔 이곳에 올라올 때마다 가슴이 트이고 시원한 기분이었는데 지금은 아니다. 무엇인가 가슴을 꽉 누르고 숨조차 쉬기 힘든 느낌이다. 그는 잠시 생각했다. 여기서 끝내자.

"나로 인해 우리 가족들이 얼마나 괴로워질까."

차라리 절벽에서 떨어지는 것이 낫겠다고 생각했다. 발 아래를 내려다보니 아찔한 낭떠러지가 오히려 편안하게 다가온다.

존은 다시 차로 돌아와 시동을 걸었다. 거칠게 뒤로 후진했다. 사막의 붉은 흙먼지가 뽀얗게 일었다. 존의 분노는 극에 달했다. 그리고 소리쳤다.

"내가 왜 벌써 죽어야 하냐구?"

아무도 대답해 주는 사람이 없다.

"지금까지의 시합 경력은 올림픽으로 인도하는 주님의 뜻이 아니었나?"

지난 시간 치열하게 살아왔고, 열심히 해왔던 훈련을 생각하자 분

노와 절망감이 뒤섞여 치밀어올랐다.

"나는 정말 평범한 삶을 살고 싶었는데… 아이도 갖고…."

아이들?

아이들이란 말이 갑자기 그의 뇌리를 때렸다. 무언가에게 뒷통수를 얻어맞은 듯했다.

갑자기 그의 눈앞에는 체육 시간에 스스로를 선수라며 환호하던 아이들이 떠올랐다. 빌리, 앤서니, 바비… 아이들의 얼굴이 스쳤다. 그들은 존에게 소중한 아이들이다. 그들에게는 존이 필요하다. 그가 항상

샌디아 산 정상에 올라서면 앨버커키 시내가 한눈에 들어온다.

멀리 뉴멕시코 주의 광활하고 황량한 사막지대와 그 너머 지평선까지 보인다.

아이들에게 강조했지 않은가. 최선을 다해라. 시합이든 무슨 일이든 결승점에 도달하기 전에는 절대로 포기하거나 주저앉으면 안 된다. 일등이 중요하지 않다는 것이 아니다. 그러나 최선을 다하는 것은 일등을 하는 것과 마찬가지로 중요하다… 라고.

"만일 내가 여기서 삶을 끝낸다면 나의 아이들의 삶에 어떤 영향을 끼치게 될 것인가? 그러고 나는 아직 수술을 해보지도 않았잖은가?"

고등학교 때 첫시합에서 자신의 앞 선수만을 보고 뛰었던 기억이 났다. "그 누구도 내가 우승하리라 생각하지 못했다. 내가 절대로 이길 수 없을 것 같았던 선수들을 앞지르듯이 내 몸속의 암덩어리도 앞지를 수 있지 있을까?"

갑자기 감정이 격해졌다. 눈물이 쏟아졌다.

자동차 핸들에 머리를 묻은 채 한참 동안 꼼짝 않고 있었다. 마음속 얘기에 귀를 기울였다. "남은 생이 얼마이든지 나의 소중한 아이들을 위해 바치겠다. 나의 병과 한번 싸워 보겠다."

마음이 가벼워졌다. 샌디아 산에서 내려오는 길은 올라갈 때의 기분이 아니었다. 올라갈 때의 그가 아니었다. 이제 그는 자신의 역할을 깨달았다.

폴리는 차고 앞으로 미끄러지듯 들어오는 존의 트라이엄프를 보자 비로소 안심이 되었다. 다리에 힘이 빠지면서 소파에 주저앉고 말았다.

"오 하나님, 존을 다시 보내주셔서 감사합니다."

존은 집 안으로 들어오자 동생들 로버트와 질 옆에 앉았다. 두 동생은 자신들의 우상인 존을 향해 앉았다. 존이 담담히 얘기를 꺼냈다.

"내 건강 상태로 봐서, 나는 결혼을 하지 못할 것 같아. 당연히 아이도 갖지 못하겠지. 아이를 못 갖지만 이미 나에게는 수백 명의 아이들이 있어. 나는 내게 남은 모든 시간을 내 학교의 아이들, 육상팀, 우리 지역의 아이들한테 쓰도록 하겠어."

로버트와 질은 어떠한 위로의 말도 할 수 없었다. 이미 존은 자신의 상태에 대해 잘 알고 있다. 그들은 존에게 격려의 말만 할 뿐이었다.

그날 밤, 앞당긴 존의 생일을 축하해주기 위해 많은 친구들이 찾아왔다. 그리고 다음날 아침에는 뉴멕시코 주에서 가까운 친척들이 존을 방문했다. 그날은 존의 수술 날이었다.

병원에서 한 시간 정도 수술이 늦춰질 것이라고 연락이 왔고, 잭과 폴리는 존이 화를 낼까봐 걱정했지만, 오히려 그는 그 한 시간을 즐기는 듯했다. 이날은 존에게 통증이 없는 마지막 날이었다.

존의 수술은 한 시간 정도 걸렸지만, 폴리에게는 하루와도 같았다. 수술을 끝낸 닥터 존슨이 대기실로 들어왔다. 폴리와 잭이 일어서며 닥터 존슨을 맞았다.

"결론부터 말씀드리면, 결과가 좋지 않습니다."

폴리는 자신도 모르게 눈을 감았다. 순간 현기증을 느꼈지만 그녀는 정신을 차리고 닥터 존슨의 말에 귀를 기울였다.

"악성이 맞았고 이미 림프절로 전이되었습니다. 흉골에서 골반까지 절개하고 암이 퍼진 림프절을 다 들어냈습니다. 위 부분의 암세포를 거의 제거했습니다. 생체 실험 결과 대부분의 림프절이 암세포에 감염되었습니다."

"왜 좋지 않다는 것이죠?"

잭이 닥터 존슨에게 물었다.

"그것은 암이 벌써 온몸에 퍼졌다는 것을 의미합니다."

폴리와 잭은 하늘이 무너지는 것 같았다. 존이 불쌍했다.

"오 하나님, 우리 존이 왜 그런 병에…."

닥터 존슨은 존이 누워 있는 병실로 갔다.

"기분은 좀 어떤가? 존."

"나쁘지 않습니다. 닥터 존슨, 솔직히 말씀해 주십시오. 저는 얼마나 더 살 수 있습니까?"

"존, 우리가 할 수 있는 최선의 방법을 다 동원할 것이네. 방사선요법, 코발트 치료, 화학치료 등 최신의 치료법을 다 동원할…."

"알겠습니다. 알겠습니다." 존은 눈을 감은 채 손으로 자신의 이마를 짚으며 닥터 존슨의 말을 막았다. "닥터 존슨, 죄송합니다만, 저는 지금 제가 얼마나 더 살 수 있을지 여쭤보고 있는 것입니다."

"존, 자네는 운동선수잖나. 그러니 보통 사람들보단…." 닥터 존슨이 말끝을 머뭇거렸다.

"선생님, 저는 마음의 준비가 되어 있습니다. 제가 얼마나 더 살 수 있겠습니까?" 화난 어투였다.

"6개월 정도네. 하지만, 자네는 운동선수이고, 치료를 잘 받고, 약이 자네에게 잘 듣는다면. 1년 이상도 볼 수 있네."

"180일? 너무 짧군요."

존은 더 이상 말하지 않았다. 이미 예상했었지만, 그에게 남은 180일은 무슨 일을 하기에도 너무나 짧았다.

"유감이네, 존."

일주일 후 존은 퇴원했다. 8월 중순 가을학기가 시작되기 전에 그는 최대한 건강을 회복하려고 노력했다. 걷기부터 시작해서 다시 달리기 시작했다. 1마일을 달렸을 때 평소 기록인 4분대가 아닌 5분, 심지어는 6분대가 나오자 더 이상 기록을 단축하는 달리기는 의미가 없었다. 올림픽의 꿈도 날아갔다.

체력적으로 강인한 운동선수여서 존의 수술 회복도 빨랐다. 그러나 상태는 나아지지 않았다. 새 학기가 가까워오자 그는 에스펜 초등학교로 가서 교장실로 갔다.

"교장 선생님, 드릴 말씀이 있습니다. 시간을 조금 내주실 수 있으십니까?"

"그래요. 베이커 선생님."

"저는 말기암 선고를 받았습니다."

이미 계약서에 병력을 수정해서 보냈기에 베타 머서veta Mercer 교장은 이미 그의 병을 알고 있을 터였다. 미인에다 항상 단정한 정장을 갖춰 입는 30대 후반의 머서 교장은 예의바른 표정으로 담담히 물었다.

"앞으로 어떻게 하실 건가요? 베이커 선생님."

"아시다시피 저는 이제 계약이 끝났고 재계약을 해야 할 시기입니다. 저도 지금으로서는 잘 모르겠습니다. 아이들을 가르쳐 할지 그만둬야 할지요."

"베이커 선생님, 당신은 여러 가지 일을 하고 있습니다. 그리고 아이들에게 당신은 너무나도 중요합니다."

머서 교장은 잠시 대답을 기다렸지만 베이커가 말이 없자 힘주어 말했다.

"베이커 선생님, 저의 의견은 이렇습니다. 이곳은 당신이 처음 교사로 부임한 곳입니다. 우리 학교가 특별하고 존경받고 아이들이 늘어만 가는 이유 중의 하나도 바로 슈퍼맨 존 베이커 당신이 있기 때문입니다. 당신이 결정을 하십시오. 저는 당신의 의견을 존중하고 싶습니다."

머서 교장과 헤어진 3일 후에 존은 에스펜 초등학교로부터 1년 연장 계약서를 받았다. 그는 자신의 건강 문제로 학교에서 그를 받아주지 않으면 어떡할까, 걱정하던 참이었다. 남은 생애를 그의 아이들에게 쏟아야 하는 그로서는 계약 연장이 꼭 필요했다.

존은 봉투에서 계약서를 꺼내고 가장 먼저 병력 부분을 펼쳤다. 여러 가지 병명이 죽 나열되는 일반적인 계약서와 달리 그곳 병력 부분에는 단 한 가지 항목만 있었다.

"전염병이 있습니까?"　　　예(　)　　아니오(　)

존은 '아니오' 괄호 안에 체크를 했다.

"전염병이 있습니까?"　　　예(　)　　아니오(✓)

그리고 바로 계약서에 사인을 해서 에스펜 초등학교로 부쳤다. 그리고 머서 교장의 배려에 대해 감사했다.

"최선을 다한 사람은 1등을 한 사람과 똑같이 대할 것이다"

새 학기 수업을 위해 존은 일주일 먼저 학교에 갔다. 체육교육 시간에 쓸 장비들을 정리하고, 앞으로 창설할 육상팀을 위해 허들 등을 정리했다. 몸 상태가 좋지 않았다. 몹시 피로했고 속이 메스껍고 어지러웠다. 예전과 달리 기구를 정리하는 일에도 땀이 비오듯 흘렀다. 인기척을 느껴 돌아보니 앤서니가 서 있었다.

"오 앤서니, 학교에 왔구나. 방학 동안 잘 지냈니?"

"네, 선생님, 안녕하셨어요?" 항상 밝은 앤서니가 시무룩한 표정이었다.

"이런, 무슨 걱정거리가 있니? 이리 좀 앉자."

앤서니는 고개를 숙여 시선을 고정시킨 채 침울하게 말했다.

"방학 동안에 병원에 갔었어요. 의사선생님이 저에게 더 이상 달리기 같은 운동을 하면 안 된대요. 저는 정말 선생님 시간에 운동을 하고 싶거든요."

"왜 의사선생님께서 운동을 하지 말라고 하셨지?" 존은 체육을 선택과목으로 택하고 항상 열심히 하던 앤서니에게 무슨 일이 있었는지 궁금했다.

"제가 만성기관지염이 있어요. 저희 부모님이 이 앨버커키에 데리고 온 이유도 그 이유 때문이에요."

앨버커키는 고지대의 맑은 공기가 환자들에게 도움이 되어 폐질환 계통 질환의 휴양지로 각광받는 곳으로 좋은 휴양시설도 많았다.

"정말 안됐구나. 네가 운동에 소질이 있다고 나는 항상 생각했단다."

"감사합니다, 베이커 선생님. 하지만 의사가 앞으로 몇 년 후에는 다시 달리기 운동을 할 수 있을 거라고 했어요."

애써 태연한 체했지만 앤서니의 표정은 밝지 못했다. 존은 앤서니의 머리를 어루만지며 예전 자신이 야구팀에서 탈퇴한 뒤 육상팀에 들어가지 못했을 때의 그 우울했던 기분, 대학교 때 무릎 부상으로 벤치에서 팀의 연습을 지켜봐야만 했던 기분을 떠올렸다. 그때 운동을 못한다는 사실에 우울해 했고, 그런 기분이 상황을 더 나쁘게 만들었었다. 비록 운동을 하지 못하더라도 팀에 함께 한다면 이 소년에게 분명 도움이 될 것이다.

"이봐 앤서니. 너 알고 있니? 나는 우리 학교에 육상팀을 만들 생각이다. 너는 의사선생님 말대로 당분간은 운동을 하지 못할 거다. 그렇지만, 너를 꼭 육상팀에 넣고 싶구나. 너만 도와준다면…."

"선생님, 정말이세요?" 앤서니의 표정이 밝아졌다.

존은 새학기 첫수업을 위해 학교로 향했다. 그의 스포츠카 조수석에는 커다란 종이 상자가 하나 놓여 있었다.

에스펜 초등학교 체육관에서 존은 아이들 앞에 섰다. 그는 체육교사라서 학급의 담임을 맡지 않아, 지금 앞에 있는 아이들은 체육을 선택과목으로 택한 아이들이다. 7세부터 11세까지, 다양한 인종의 아이들이 반원 모양으로 앉아 있다.

"안녕 애들아. 여름방학 전에 한 주 보지 못했지? 미안하구나. 그러나 이제 걱정 마라. 다시는 내가 수업을 빠지는 일은 없을 거야."

아이들은 여름방학 동안 수척해진 베이커 선생님의 얼굴에서 눈을 떼지 않았다.

"그리고, 나는 이번 학기부터 규칙을 약간 바꾸겠다. 나는 너희들에게 수업시간에 그동안 해왔던 스포츠와 더불어 육상경기의 규칙, 방법 등을 소개할 것이고, 너희들은 모두 에스펜 초등학교 육상팀의 선수로 달리게 될 것이다. 너희들, 내가 뉴멕시코의 '무적의 존 베이커'인 줄은 잘 알고 있지?"

"네!" 아이들은 신이 나서 대답했다. 아이들은 이미 부모로부터 베이커 선생님이 스타 선수이고 올림픽을 준비한다는 것을 들어서 알고 있었다.

"또 한 가지 규칙이 있다. 내 수업에서는 육상 경기뿐 아니라 모든 스포츠경기에서 앞으로 최고로 잘한 사람과 최선을 다한 사람 둘 다 똑같이 취급할 것이다. 앞으로 우리에게는 절대로 패배자는 없을 것이다. 만일 너희가 자기 맡은 일에 최선을 다한 사람의 메달이나 리본을 받는다면 1등한 것과 똑같이 자랑스러울 것이다."

"와…!"

아이들은 환호했다.

"자, 그런데 앞으로 우리가 한팀이 되기 위해서는 나 혼자 하기에는 너무나 역부족이겠다. 그렇지? 내 생각에 우리가 팀이 되기 위해서는 스태프가 필요할 것 같은데… 내가 뉴멕시코 주립대 로보Lobo로 달릴 때는 항상 스태프들이 있었단다. 스태프가 없으면 팀이 제대로 운영될 수 없단다. 그래서 코치 다음으로, 아니 코치만큼이나 중요하단다."

아이들은 숨죽이며 존의 얘기를 기다렸다.

"앤서니, 이리 나오너라."

존은 앤서니의 셔츠를 벗기고 준비해온 상자에서 셔츠를 꺼내 입혔다. 셔츠의 등에는 '트랙담당 부 코치Assistant Track Coach'라고 적혀 있었다. 아이들은 환호했다.

"너희들 모두 앤서니가 얼마나 훌륭한 스포츠맨인지 잘 알고 있지? 당분간 앤서니는 우리 육상팀에서 달리지는 못할 거다. 하지만 나를 도와서 너희들을 코치해 줄 것이다. 그러니 앤서니의 말은 곧 내

말이다. 모두들 부 코치인 앤서니를 나라고 생각하고 따라주기 바란다." 존이 엄숙하게 말했다.

"다음은 빌리, 앞으로 나오너라."

빌리는 쑥스러운 표정으로 아이들 앞으로 천천히 나왔다. 빌리는 왼쪽 팔이 오른쪽 팔보다 짧고 왼쪽 손도 정상적으로 발달하지 않은 장애를 갖고 있었다. 그는 하루 세 번 있는 쉬는 시간을 혼자 벽에 공을 던지며 보내곤 했다. 존은 이전부터 그애를 위한 일을 찾았고 장비 정리하는 일을 함께 했다. 존은 빌리의 어깨를 잡고 아이들을 향해 돌려 세웠다.

"자. 빌리, 너는 앞으로 '공식 장비 관리자official equipment manager'이다. 그리고 처음으로 너에게 '최선을 다한 사람' 리본을 수여할 것이다."

베이커 코치는 빌리에게 팀 스태프 옷을 입히고 '최선을 다한 사람'이라고 쓰인 리본을 달아 주었다.

"와—."

아이들은 빌리가 이전부터 열심히 장비 관리를 하고 있는 것을 알고 있었기에 더 열렬히 환호했다.

"너희들이 운동장에서 맘껏 달릴 수 있으려면 어떡해야 하지? 만일 너희들이 달리는데 잔디가 파여 있다든가 하면 너희들은 발목을 다치게 되겠지?"

"우~~." 아이들은 아파하는 시늉을 했다. 아이들은 이미 존과 함께 동화되어 있었다.

"너희들도 알다시피 매일 아침마다 우리 운동장 정리를 해주는 친구가 있지?"

"제임스요!" 아이들이 다 같이 소리쳤다.

"그래 제임스 나오너라! 우리 에스펜의 '운동장 정리 최고 책임자'다."

제임스가 머뭇거리며 나왔다. 존은 스태프 옷을 입혀주며 "제임스, 너는 이제 할 일이 하나 더 생겼다. 이제 우리 육상팀을 위해 운동장을 정리해 줘야 한다. 아이들이 걱정 없이 달릴 수 있도록."하며 격려했다.

"네 알겠습니다. 코치 베이커!" 제임스가 군인처럼 대답하자 아이들은 폭소를 터뜨렸다.

"자, 다음은 바비, 너다. 나오너라."

바비는 휠체어를 탄 채 존 앞에 와서 아이들을 향해 휠체어를 돌려세웠다. 바비는 다리에 골결핵을 앓고 있어서 걸을 수가 없었다. 바비는 체육시간을 선택과목으로 신청했지만, 항상 운동장 밖에서 지켜볼 뿐, 참여할 수가 없었다.

존은 바비의 겉옷을 벗기고, 팀 셔츠를 입혔다. 셔츠 등에는 '호루라기 부는 책임자Chief whistle blower'라고 적혀 있었다.

"바비는 우리의 공식 출발 신호원이다. 바비, 호루라기를 한번 불어봐라."

휘리리릭~ 바비는 힘껏 호루라기를 불었다.

“자, 이 소리를 들으면 너희들은 어떻게 해야 하지?”하며 존은 달리는 제스처를 취했다.

“달려요!” 아이들은 박수와 함께 환호했다.

그런 식으로 ‘시간 기록 담당’ ‘장비 관리자’ 등 갖가지 스태프가 탄생했다. 그동안 체육시간에 잘 참여하지 못했거나 따돌림을 당하거나 장애가 있는 학생들에게 각자 능력에 맞춰서 직함을 부여했다.

“자. 이제 우리 모두가 정식 팀이 되었지? 그런데 팀이면 선수들이 있어야 하잖아? 그건 바로… 너희들 모두란다.”

“와—.” 아이들은 흥분하며 환호했다.

체육관 뒷문에서는 베타 머서 교장이 그 광경을 지켜보고 있었다. 그녀는 베이커 선생을 신뢰하고 있지만 그가 이미 죽어가고 있다는 것을 잘 알고 있었기에 표정이 어두웠다.

존 베이커가 다시 체육 수업을 시작한 이후, 머서 교장은 학부모들로부터 많은 편지를 받았다. 그 내용은 자녀들로부터 전해들은 베이커 코치가 얼마나 대단한 사람인지에 대해서, 또 과연 그런 선생님이 실제로 존재하는가 궁금하여 베이커 선생님을 한번 만나고 싶다는 내용이었다. 그 중에는 손녀로 인한 감사의 편지를 보낸 어느 할머니의 편지도 있었다.

“나의 손녀, 타미는 원래 좀 소심합니다. 하지만 운동, 신체 활동을 하는 것을 아주 좋아합니다. 아쉽게도 운동신경은 그다지 좋지 않죠. 그래서 체육시간에 이 아이가 열심히만 하려 하면 오히려 실수를 하고 게다가 당당하지 못하고 소심해서 아이들의 조롱거리가 되기 일쑤였죠. 당연히 체육 성적도 매우 낮았고, 체육시간은 그애를 항상 의기소침하게 만들었습니다. 어린 나이에 벌써 패배 의식마저 생겼었죠. 그래서 나서서 하는 것을 싫어했습니다. 그렇지만 이제 더 이상 그럴 일은 없습니다. 하나님께서 축복하셨는지, 새로운 체육 선생님인 베이커 코치는 우리 아이에게 최선을 다하도록 항상 격려하고, 한 학기를 마쳤을 때는 그애가 최선을 다한 것에 대해 주저 없이 'A'를 주었습니다. 베이커 코치의 보살핌으로 그애는 자신감을 찾았고, 스포츠에 참여하는 것을 너무나도 사랑합니다."

그리고 존 베이커가 아이들에게 여러 가지 직책을 맡기고 그들에게 스스로 하는 법을 가르치는 데 대한 감사 편지도 있었다.

"저희 아들 제임스는 아침에 깨워서 학교 보내는 것이 너무나 힘들었습니다. 우리는 그애의 별명을 '아침 괴물'이라고 지어줄 정도였지요. 아침마다 아이들을 깨우다가 제 남편과 부부싸움을 한 적이 한두 번이 아닙니다. 그런데 존 베이커 선생님이 부임하고 나서는 제 아들은 학교엘 가고 싶어서 잠을 제대로 못 잘 정도입니다. 알고 보니 우리 아들에게 감투가 있더군요. 그는 '운동장 정리 최고책임자'라는 리본을 갖고 있더군요. 체육수업에 지장 없도록 운동장을 정리해야 한다며 그애는 아침마다 일찍 나간답니다. 우리 아이가 베이커 코치님의 스태프가 되게 해주셔서 진심으로 감사드립니다."

존은 여러 방법으로 아이들을 지도했는데 그중 한 가지는 아이스크림이었다. 머서 교장이 받은 편지에는 그에 대한 내용도 있었다.

"저희 아이는 너무나도 활동적입니다. 사실 무척 말썽쟁이지요. 이점에 대해서 교장선생님께 죄송합니다. 대부분의 선생님들은 그를 야단치거나 주의를 주거나 교실 밖에 세워두거나 교장선생님한테 보내죠. 그러나 베이커 코치는 달랐습니다. 베이커 선생님이 어느 날 우리 아이에게 하루만 아무 문제를 일으키지 않으면 아이스크림을 사주겠다고 했답니다. 그리고 만일 일주일 동안 문제를 일으키지 않으면 엄청나게 큰 아이스크림을 사주겠다고요. 게다가 맛은 우리 아들이 고를 수 있게 했고요. 중요한 것은 그 아이스크림이 아니었습니다. 그럼 무엇이냐고요? 이제 우리 아이는 자신의 충동을 조절하는 방법을 배웠답니다. 철이 든 거죠!"

13

'부지런한 새' 보충반

목요일 체육 수업시간. 아이들은 그룹으로 나뉘어 육상 경기, 또 다른 그룹은 소프트볼을 하고 있었다. 빌리는 소프트볼에도 재능이 있어서 장비 관리뿐 아니라 소프트볼 코치도 겸했다.

존은 아이들이 친구들을 스태프로 조직하여 자율적으로 경기하는 모습을 흐뭇하게 바라보고 있었다. 그러다 한 아이가 소프트볼 게임 중 야구 방망이를 팽개쳐버리고 경기에서 빠지는 것을 보았다. 존은 아이에게 다가갔다.

"이봐, 아론?"

"네, 베이커 선생님."

"왜 경기중에 나오는 거지?"

"저는 저 애들하고 같이 하고 싶지 않아요." 아론은 아마 아이들과 함께 경기하는 데 실력이 딸리는 듯했다.

"그래. 억지로 할 필요 없단다."

"저 아이들은 게임만 하려고 해요. 저는 아직 더 연습이 필요한 것 같다고요. 연습을 하지 않고 게임만 하니 도저히 따라갈 수가 없어요."

"아론, 나한테 아주 기막힌 계획이 있단다. 나는 너 같은 아이처럼, 좀 더 기술을 쌓고 싶어하는 아이들을 위해 그동안 준비해 온 것이 있는데, 바로 내일이란다. 시간을 좀 내서 참여해 준다면 정말 기쁘겠다."

"베이커 선생님, 생각해 보겠어요."

"그래, 부모님이 허락하시면 내일 수업 한 시간 전인 8시까지 운동장으로 오너라. 알겠지?"

존은 그날 오후 머서 교장과 상의해 각 학부모 가정에 보내는 가정통신문에 '존 베이커의 부지런한 새 클리닉early-bird clinic'에 관한 안내문을 보냈다. 이것은 스포츠 기술, 운동 능력을 향상시키고자 하는 학생들을 위한 일종의 보충반이었다.

존의 목표는 어떻게 해서든 아이들을 최대한 많이 스포츠 활동에 참여시키는 것인데, 간혹 적응하지 못하는 아이들이 종종 있었다. 장애가 있어 참가하지 못하는 아이들은 코치의 스태프로서 스포츠 활동에 간접적으로 참여할 수 있지만, 스포츠 기술이 떨어지는 학생들은 그룹에서 이탈되었다. 아론이 그런 예였다. 이런 아이들을 위해서는 좀더 연습시킬 프로그램이 필요했는데, 그래서 생각한 것이 아침

수업 시간 전 '부지런한 새 보충반'이었다.

첫날은 오직 아론 한 명만 참가했지만, 곧바로 10여 명으로 늘어났다. 존의 스태프 중 빌리와 앤서니도 함께 도왔다. 이로써 존은 대부분의 학생들을 낙오자 없이 수업에 참여시킬 수 있었다.

하지만 존의 몸 상태는 점점 나빠졌고 통증이 떠날 날이 없었다. 좀더 많은 자원봉사자가 필요했다. 그 중 하나가 졸업생인 척Chuck이었다. 모범생인 척은 흔쾌히 존을 도와주기로 결정하고, 친구 로날드Ronald를 참여시키고자 했다. 로날드는 육상팀으로 활동한 경력이 있어서 학교 육상팀에 도움이 되기도 하겠지만, 그보다 로날드에게는 문제가 있었다. 척은 베이커 선생님이 로날드의 문제도 해결해줄 수 있지 않을까 하는 기대를 갖고 있었다.

로날드는 어머니와 누이와 살고 있었는데, 로날드의 어머니는 9년 전에 이혼하고 혼자서 생계를 꾸려가고 있었다. 로날드는 힘든 사춘기를 보내고 있었다. 그는 어린 나이에 오토바이를 타고 다니는, 전형적인 말썽꾸러기였다. 로날드는 어머니와의 사이가 점점 멀어졌고, 종종 가출해 척의 집에 몰래 들어가 척의 침대 옆에서 자는 경우가 많았다.

그날도 침대 옆 슬리핑백에서 잠을 깬 로날드에게 척이 말했다.

"로날드, 너 오늘 학교가 끝나고 에스펜 초등학교로 와라."

"뭐? 너 지금 초등학교로 나를 오라고 그랬니?"

"그래 너한테 소개시켜줄 사람이 있어."

로날드는 척 말고는 친구가 없었고, 그의 도움을 받고 있던 터라 더 이상 군말이 없었다.

척은 베이커 코치에게 로날드를 데리고 갔다.

"반갑다, 로날드. 척이 그러는데 너 육상팀이었다면서?"

"그래요. 저도 지금까지 져본 적이 없어요."

"여기 무적의 존 베이커가 또 있었네?" 존이 유머스럽게 말했다.

"선생님이 정말 무적이었어요?"

"꼭 그렇지는 않았지만, 대부분의 유명한 선수들을 공식경기에서 내가 이겼단다."

"언젠가 선생님하고 한번 경기를 해보고 싶군요."

"그래 얼마든지."

"그런데 뭐 때문에 저를 불렀어요?"

"척이 얘기 안 했나 보구나. 우리 학교는 수업 전에 아이들의 스포츠를 도와주는 보충반이 있단다. 수업 후에는 에스펜 초등학교 육상팀의 연습이 있고. 참가자들이 많아서 나는 너희들처럼 고학년의 스태프들이 필요하단다. 좀 도와줄 수 있겠니?"

갑자기 로날드가 척에게 소리를 질렀다. "뭐야. 척, 너 지금 나한테 이거 하라고 여기 오라고 한 거야?"

그 말은 존에게 한 것이나 마찬가지였다.

"이봐, 로날드, 지금 베이커 코치께서 너한테 요청하신 거잖아! 좀 더 예의를 갖추지 못하겠니?"

로날드는 항상 친절하기만 한 척이 그토록 화내는 모습을 처음 보았다. 그는 놀라서 말을 잇지 못했다. 척은 베이커 선생님을 존경하고 있었기에 평소의 친절한 그답지 않게 매섭게 로날드를 나무란 것이다. 로날드가 존을 향해 말했다.

"이봐요, 코치님. 나는 초등학생하고 놀 시간이 없다고요. 왜 선생님 일을 남에게 미루죠?"

"로날드, 진정해라. 너의 의견을 물어보았을 뿐인데 미안하구나. 그럼 이번 주에 나랑 달리기 시합을 한번 해보면 어떨까?"

"언제든지요. 저는 최고였다고요."

로날드와 헤어진 뒤, 존은 수술 경과를 점검하기 엑스레이 검사 기사를 만났다. 검사 기사가 진단을 하지 않는 게 상식이지만, 존은 이미 유명한 선수였고 검사 기사는 좋은 결과를 존에게 빨리 알려주고 싶어했다.

"베이커 씨, 제가 보기에는 수술이 성공적인 것 같습니다. 더 이상 암의 흔적이 보이지 않네요?"

"정말 그렇습니까? 오 이럴 수가! 하나님 감사합니다. 정말 더 이상의 종양이 보이지 않나요?"

"네. 보시죠. 아주 깨끗합니다. 그렇지만, 판정은 닥터 존슨이 하실 겁니다. 오늘 바로 결과를 넘길 겁니다."

"감사합니다. 정말 좋습니다."

모처럼 존의 얼굴에서 활짝 웃음이 피었다. 존은 집으로 돌아와 어머니에게 그 사실을 말했다.

"존, 정말 닥터 존슨이 그랬니?"

"네? 아니에요. 닥터 존슨은 아직 보지 못했습니다. 엑스레이실 기사가 저랑 친분이 있는데 그가 먼저 말해 줬어요."

검사 기사라고? 폴리는 닥터 존슨의 판정을 알고 있었기에 검사 기사의 말만 믿고 기뻐하는 아들이 측은했다. 하지만 내색할 수도 없었다.

"그래 잘되었구나. 그렇지만, 닥터 존슨의 얘기를 기다려보자꾸나."

"네. 그래야죠. 그렇지만 저도 엑스레이에서 아무 흔적을 발견하지 못했어요."

이틀 후 존은 가벼운 마음으로 닥터 존슨의 진찰실을 찾았다가 예상외의 답변을 들어야 했다.

"존, 걱정했던 대로 암이 갈비뼈 밑으로 다시 퍼지고 있습니다."

"뭐라구요? 엑스레이 검사 기사는 아무 흔적이 없다고 하던데요?"

"그렇지 않습니다. 조금씩 다시 퍼지고 있습니다."

온몸의 힘이 빠졌다. 다시 원점으로 돌아온 것이다.

"다른 이상은 없습니까?"

"기침을 조금 하고요. 두통도 자주 있습니다. 땀도 많이 흘리고요. 저는 쉽게 감기가 든 거라고 생각합니다."

"음… 기침과 두통이 있는 것으로 봐서 암이 당신의 목과 뇌까지 퍼지고 있을지도 모릅니다. 다시 한번 엑스레이를 찍어봐야 할 것 같습니다. 바로 검사를 의뢰하도록 하겠습니다. 오늘 오후에 성조셉 병원에 방문하셔서 검사를 받도록 하세요."

존은 자신의 죽어감을 다시 한번 실감했다. 성조셉 병원에 들렀다가 에스펜 초등학교 운동장으로 갔다. 로날드와의 달리기 시합 약속을 지키기 위해서였다. 이미 절망의 구덩이로 빠진 터라 그는 매우 지치고 힘들어 보였다. 로날드가 먼저 와 있었다.

"로날드, 많이 기다렸니? 일찍 왔구나." 로날드는 오토바이를 체육관 벽에 기대어 놓고 팔짱을 낀 채 존을 기다리고 있었다.

"무서워서 안 오시는 줄 알았어요."

존은 병원에서 이미 상심했지만, 최대한 현재 심정을 보이고 싶지 않았다.

"이봐, 나는 무적의 존 베이커야. 내가 왜 도망을 가겠어?"

그는 옷을 갈아입고 로날드를 데리고 출발점에 섰다.

"로날드, 여기 레인을 따라 돌면 거의 200미터다. 어때, 연습 없이 바로 시합하는 게?"

말을 채 끝내기도 전에 복부와 심장에서 통증이 느껴졌다. 순간 찡그린 얼굴이 보이지 않도록 고개를 돌렸다.

"그래요. 출발 신호를 주세요."

"그래. 하나, 둘, 셋에 출발하는 거다."

하나, 둘, 셋! 200미터 경기라 처음부터 속력을 내야 했다. 로날드는 잘 달렸다. 자세는 나무랄 데가 없었고, 호흡도 제대로였다. 둘은 거의 동시에 들어왔다.

"우와. 너 정말 잘 달리는구나. 대단하다. 넌 무적의 존 베이커와 거의 같이 들어왔어."

존은 숨을 헐떡이며 로날드를 격려했다.

"내가 말했잖아요. 나는 져본 적이 없다고요. 사실 내가 선생님을 봐준 거라고요."

그 한 마디가 존을 자극했다. 그는 이미 병원에서 매우 상심해 있어서 그 말에 더 이상 참지 못하고 폭발했다.

"로날드! 너 정말 그렇게 생각하니? 네가 정말 존 베이커를 이길 수 있다고 생각해? 다시 한번 해보자. 이리 와라."

"얼마든지요."

"하나, 둘, 셋!" 존이 달려나갔다. 그는 암에 걸리고도 병원에 입원해 있을 때를 빼고는 계속 달리기를 해왔지만, 지금처럼 빠른 속도로 달리지는 않았다. 속력을 내자 평소에는 몰랐던 육체적 고통이 느껴지기 시작했다. 이것은 달리는 고통 때문이 아닌 암 때문에 오는 고통이었다. 심장과 목과 몸이 찢어지는 것 같았다. 존은 거의 10미터 이상을 로날드보다 빨리 들어왔다. 그러나 너무 고통스러워 허리를 숙인 채 손으로 무릎을 짚고 한참 동안 통증이 잦아들기만을 기다렸다. 로날드가 다가와 내려다보며 비아냥거리듯 말했다.

"그래요. 무적의 존 베이커가 중학생인 저를 이겨서 좋겠어요?"

순간 치미는 분노로 존이 몸을 일으켰다.

"뭐라고, 로날드? 너 지금 무적의 존 베이커라고 했니?"

"그래요. 선생님 별명 아닌가요?"

"그래. 그랬지. 난 무적의 존 베이커였지? 하지만 너랑 겨룬 존 베이커는 더 이상 무적의 존 베이커가 아니야. 자, 똑똑히 봐!"

존은 성난 목소리로 소리치며 셔츠를 벗었다. 맨몸의 흉골 바로 아래에서 하복부까지 선명한 수술 자국이 드러났다. 아직 아물지 않아 벌건 흉터는 잘생긴 외모와는 대조적으로 흉측했다.

"자, 봐라. 나는 얼마 전에 수술을 해서 내 몸 안에 있는 암 조직을 모두 긁어냈다. 오늘 네가 경쟁한 상대는 무적의 존 베이커가 아니야. 너는 하루하루 죽어가는 암 환자와 경쟁을 한 거야. 로날드, 이제 좀 정신 좀 차려! 너는 환자한테도 이기지 못했어! 네가 아이들을 지도하는 일을 도와주든 말든 이제 나와는 상관없는 일이다. 하지만, 세상을 살면서 그렇게 부정적으로 비뚤어지게 살지 마라!"

존은 셔츠를 집어들고 차가 있는 곳으로 걸어갔다. 로날드가 당황한 것을 알았지만, 자신의 감정이 너무 격해져 있어서 그대로 차로 돌아가는 것이 낫겠다고 생각했다. 맨몸으로 가슴의 흉터를 드러낸 채였다.

다음날 아침, 존이 '부지런한 새' 보충반 수업을 위해 운동장에 나갔을 때, 로날드가 아이들에게 코너를 돌 때 어떻게 달려야 하는지에 대해 직접 시범을 보이고 있었다. 전날과는 달리 단정한 옷차림이었다.

존은 로날드의 등을 툭 치며 "달리기하기 좋은 날씨야! 그렇지 않니?"하며 지나쳤다.

"네. 베이커 선생님. 좋은 아침입니다." 로날드는 겸연쩍은 웃음을 지으며 말했다.

"우리 에스펜 아이들을 코치하려면 너도 학교에서 모범생이 되어야 한다."

"알았어요. 알았어요. 그럴 겁니다."

"아니, 너는 최선을 다해야 해."

"그래요. 그래요. 최선을 다하죠. 베이커 선생님."

14

낙오자는 없다

로날드와의 시합이 있은 며칠 후, '부지런한 새' 보충반을 끝내고 사무실에 들어온 존에게 갑작스런 통증이 찾아왔다. 복부의 통증이 심했고 기침과 두통도 심해졌다. 존은 진통제를 먹지 않고 참아내고 있었다. 그때 척과 로날드가 찾아왔다. 존이 웃으며 그들을 맞이했다.

"척, 로날드, 나의 동지들, 어서 와라."

"베이커 선생님, 로날드가 할 말이 있답니다. 사실 그에게 좀 문제가 생겼어요."

"무슨 일이니, 로날드? 혹 집에 무슨 일이 있니?"

"아니에요. 베이커 코치님. 저는 이제 무슨 일이 있어도 집에 들어갑니다. 더 이상 척의 침대 옆 침낭에서 자지 않아요. 문제는 학교에서 있어요. 사실 제가 그동안 학교도 잘 가지 않고 좀 문제를 일으켰잖아요. 저는 그때 학교에는 관심이 없었으니까요. 하지만 코치님과 약속을 했고 최선을 다하려 했기 때문에 다시 학교생활을 열심히 하고 있습니다. 그런데 문제가 발생했어요. 영어에서 그동안 결석에 대한 보충으로 리포트를 내기로 되어 있었는데 저는 최선을 다했어요. 그리고 리포트는 A를 받았습니다."

"오. 그래? 잘했구나. 그러면 이제 괜찮은 것 아니니?"

"그게 바로 문제예요. 그 영어교사는 저를 통과시키지 않을 거랍니다. 만일 그 수업을 통과하지 못하면 저는 노스이스트 하이트 중학교를 그만두어야 해요."

"지금 노스이스트 하이트라고 했니? 혹 영어 선생님 이름이 에멧 던컨 아니니?"

"네 맞아요. 그 빌어먹을 던컨 선생."

"로날드! 네가 먼저 잘못을 했잖아?" 척이 소리치면서 로날드를 제지했다. "베이커 코치님, 로날드가 그러는데 던컨 선생님과 친구시라면서요?"

"그래, 우리는 같은 고등학교, 대학교를 졸업했어. 그런데 나는 주로 운동을 해서 그렇게 친하지는 않아. 졸업 후 보지 못했지." 존 베이커는 그들이 찾아온 이유를 알아챘다. "그래, 로날드. 선생님을 그렇게 부르는 게 아니다. 알았다. 내가 오늘 던컨을 만나 보마. 대신 너는 그 전에 던컨을 자극할 어떤 행동도 하면 안 된다. 약속하겠지?"

"네, 베이커 코치님."

오후 들어 복부와 가슴 통증이 점점 심해졌다. 땀을 많이 흘리고 정신마저 몽롱해 몸의 상태는 최악이었지만, 존은 던컨을 만나러 노스이스트 하이트 중학교로 출발했다. 점심시간에 맞춰야 했기 때문에 서둘렀다.

존은 학교 식당에서 혼자 식사를 하고 있는 던컨을 발견했다. 사실 존은 고등학교, 대학교의 스타였지만, 던컨은 평범한 학생이었다. 졸업 후 처음 만나기도 했지만, 던컨은 스물여섯 살이라고는 믿기 어려울 정도로 나이가 들어 보였고 표정도 완고했다. 존은 식탁을 하나씩 짚으면서 그에게 다가갈 정도로 몸 상태가 좋지 않았다.

"헤이, 이봐. 친구. 잘 지내나?"

식사중이던 던컨은 존 베이커를 알아보고, 뜻밖이라는 듯 놀란 표정을 지었다.

"어? 존, 오랜만이야. 그런데 왜 그렇게 땀을 흘려? 괜찮아?"

"음. 그냥 몸이 좀 안 좋은 날이네."

"안 그래도 로날드 녀석한테 자네 얘기를 들었네. 그애가 정말 자네 학교에서 자원봉사를 한단 말이야?"

"그럼, 굉장히 열심이고 아이들도 아주 좋아하지. 알다시피 초등학교 아이들은 자신들보다 나이 많은 형들을 좋아하잖아?"

"흠, 그게 사실이었군. 그렇지만 그 녀석은 너무나 말썽을 많이 일으켰어."

"자네가 리포트를 써오면 만회할 기회를 준다고 했다던데. 그리고 그애가 점수를 잘 받았다고 하던데."

"그랬지. 어떻게 리포트는 잘 써왔더군. 하지만, 그걸로 내 수업을 통과시켜줄 수는 없네."

"왜. 통과시켜줄 수 없지?" 존은 화가 나기 시작했다. 아픔도 잠시 잊어버렸다.

"사실 나는 그 녀석이 리포트를 써오리라고는 생각지도 못했어. 그래서 이미 그애의 성적을 C로 주었지. 만일 그 녀석이 그런 훌륭한 리포트를 써올 정도라면 예전부터 열심히 했어야지? 그것은 그 녀석이 능력이 있는데도 태만했다는 것을 말해주는 거야."

"그러면 자네는 그 아이가 리포트를 가져오기도 전에 성적을 낸 거야? 그 아이는 자기는 이 과목에서 C를 맞으면 학교를 계속 다니는데 문제가 있다고 하던데?"

"그것은 내가 알 바가 아니지. 내 수업만 그런 것이 아니니까. 나는 학교 선생이야. 누구에게나 공정해야 한다구."

"이봐 던컨, 나는 네가 선생처럼 보이지 않아! 그 아이는 자네 말을 믿고 최선을 다했어. 그러면 된 것 아니야?"

"이봐 존. 다시 말하지만, 나는 내 학급에만 44명의 학생들이 있고 영어를 담당하는 선생이야. 그런 아이 때문에 교무과에 넘긴 성적을 다시 바꾸고 싶지는 않네."

"그렇군, 너는 그 성적을 바꿀 서류준비가 싫었던 거지? 아마 네 경력에도 좋지 않겠지? 그것도 하나의 이유가 되었겠지. 그만 돌아가겠네."

존은 화가 치밀어 큰소리로 말하고 돌아섰다. 주위 학생들이 쳐다볼 정도였다. 식당을 빠져나오자 극심한 통증이 몰려왔다. 잠시 문을 잡고 통증이 잦아들도록 기다렸다.

어떡하지? 누구한테 도움을 청해야 하나? 만자노 학교에 알아봐야 하나? 바로 그때였다.

"존, 존, 기다려. 오래된 친구에게 인사도 하지 않고 갈 텐가?" 던컨이 서둘러 나오며 존의 어깨를 잡았다. 조금 전 학생들 앞에서 큰소리를 낸 것에 대해 존은 후회하고 있었다.

"미안하네, 던컨. 내가 좀 이성을 잃었어. 보다시피 내가 좀 몸 상태가 좋지 않아."

"그래 존. 알았어. 내가 성적을 바꿔보도록 하지. 하지만 만일 로날드가 다시 한번 문제를 일으킨다면 자네가 책임을 지도록 해."

"당연하지, 나도 같이 책임지겠네."

"흠. 알겠네. 그럼 또 보자구. 그리고 자네 얼굴이 너무 좋지 않은 것 같아. 좀 쉬도록 해."

'듀크시의 질주자들' 창설되다

"진Jeane, 오늘도 아침 안 먹고 가니?" 크로커 부인은 현관문을 박차고 뛰어나가는 딸의 등뒤를 향해 소리쳤다.

"다녀올게요. 늦었어요."

진은 학교를 향해 달렸다. "오늘도 지각하면 머서 교장선생님께 가야 하는데 큰일이다."

아침 8시 57분이다. 8시 57분에 벨이 한번 울리는데 이것은 아이들이 교실에 입실하는 시간이고, 9시에 울리는 벨은 수업시작을 알리는 벨이다. 만일 9시가 넘어 들어가게 되면 교실로 바로 들어갈 수 없고 교무실로 가야 한다. 진은 부리나케 달렸다.

'부지런한 새' 보충반을 마치고 장비를 챙기던 존 베이커는 운동장을 가로지르는 빠른 그림자를 보았다. 9시에 거의 맞춰서 교실로 뛰어가는 그림자는 진이었다.

"헤이. 진!"

진은 놀라서 그 자리에 멈춰서서 존을 쳐다보았다.

"제가 뭘 잘못했나요? 베이커 선생님?" 숨을 헐떡이며 진이 멈춰섰다.

"첫 번째 쉬는 시간에 내 사무실로 오너라, 진."

"네. 알겠어요." 진은 다시 교실을 향해 달려갔다. '베이커 코치님이 왜 날 부르지?' 생각하며.

1교시를 마치고 쉬는 시간에 진은 사무실로 베이커를 찾아왔다.

"오 그래, 진. 앉아 봐라." 베이커는 옆의 의자를 가리켰다. "진, 너를 자주 지켜봤는데 너 달리기에 아주 재능이 있는 것 같구나."

"네? 그러셨어요?" 진은 학교의 슈퍼스타 베이커 선생님이 자신을 지켜봤다는 말에 흥분했다.

"일전에 가정통신문에 육상에 재능이 있고 육상경기를 해보고 싶은 학생들을 학교 육상팀으로 모집한다는 공문을 보낸 적이 있는데 어떻게 생각하니?"

진은 가정통신문을 어머니에게 보여줬지만, 아무 대답도 듣지 못해서 휴지통에 넣었던 것을 기억했다.

"엄마, 아빠가 아무 얘기도 없으셨어요."

"내가 보기엔 너에게 재능이 있어. 육상 경기를 하면 여러 가지로 유익하단다. 나는 우리 팀이 아주 진지하게 열심히 연습하는 팀이 되었으면 한단다. 너의 생각은 어떠니?"

"한번, 해보고 싶어요. 부모님께 말씀드리겠어요."

"그래, 좋다. 그러면 팀 훈련에서 볼 수 있기를 기대하마."

크로커 가족 저녁식사 시간에 진이 얘기를 꺼냈다.

"엄마, 아빠. 나 우리 학교 육상팀에 들어갈래요." 진은 부모님과 눈을 마주치지 않고 고개를 숙인 채 식사를 하며 말했다.

"안 돼. 비용도 많이 들고, 엄마 아빠는 너무 바쁘잖니?"

진의 엄마는 갑작스런 얘기에 의아해했다. 의사인 크로커 씨는 병원 일로 바쁘고 엄마 자신도 일을 하고 있었다.

"그러니까… 내가 운동하면 학교에서 더 있을 거 아냐?" 진은 식사를 계속하며 눈을 마주치지 않고 얘기했다.

크로커 씨가 웃으며 끼어들었다. "너는 지금까지 어떤 팀에도 들지 않았잖니? 솔직히 좀 이상하구나."

"베이커 코치님이 나한테 요청했단 말이에요."

"베이커가 코치가?" 에스펜 초등학교의 학부모라면 72년 올림픽에 나갈 유명한 존 베이커를 모르는 사람이 없었다.

"내가 재능이 있대요. 오늘 저를 불러서 부모님께 여쭤 보라고 하셨어요."

엄마가 뭐라 말하기도 전에 크로커 씨가 먼저 흔쾌히 대답했다.

"그래. 좋다. 베이커 코치가 그렇게 요청했다면 당연히 해야지. 대신 조건이 있다."

"무슨 조건이요? 공부 열심히 하는 것?"

"아니다. 너 동생 케이티와 같이 참가하도록 해라. 그래야 엄마 아빠가 교대로 너희들 연습 뒷바라지를 해줄 수 있을 것 아니냐."

진의 엄마는 평소 아이들 문제에 완고하던 남편이 쉽게 승낙한 것에 의아했다. 그는 너무 바빠 아이들을 돌봐줄 형편이 아니었기 때문이다.

1969년 9월의 첫째날.

존 베이커의 초청을 받은 학부모들이 체육관을 가득 메웠다. 진의 부모님 크로커 씨 부부도 에스펜 초등학교 '육상팀 소개의 밤'에 참석했다. 육상팀 창설에 관해 설명하고 있는 베이커 코치의 모습은 예상과는 많이 달랐다. 올림픽에 출전할 선수라고 하기에는 몹시 여위었으며 창백해 보였다. 그러나 그의 눈은 힘이 있었고 행동에는 카리스마가 있었다. 그가 왜 아이들의 우상이며 에스펜 초등학교의 슈퍼맨인지를 알 것 같았다.

"바쁘신 시간을 내어 이렇게 와주셔서 감사합니다. 저는 오늘 우리 클럽의 목적에 대해서 말씀드리기 위해 이렇게 부모님들을 모셨습니다. 대부분의 부모님들께서는 아이들이 클럽에 참석하는 이유가 메달을 따고 기록을 경신하는 것일 겁니다. 그것은 이 클럽의 진정한 목적과는 동떨어진 생각입니다. 이 육상팀의 목적은 각 운동 선수가 어떻게 앞으로 그들의 삶을 헤쳐나갈지에 대해서 배울 것입니다. 힘든 일을 완수해내는 것, 자신의 실력, 능력을 증진하는 것, 실패를 경험해 보는 것, 다시 한번 시도하는 것, 절대로 포기하지 않는 것, 그런 와중에 성공하는 기쁨, 새로운 사람들을 만나고 건전한 교육 활동에 흥미를 갖는 것 이 모든 것을 통해서 긍정적인 삶을 배우는 것이 우리 에스펜 초등학교 육상팀의 목적입니다."

학부모들이 베이커의 말을 경청했다.

"그러기 위해서는 학부모님들의 참여가 필요합니다. 만일 학부모님들께서 참여하시지 않는다면 절대로 이 육상팀은 성공할 수 없습니다. 그래서 이렇게 도움을 요청합니다. 시합에 참여하지 않고, 훈련만 하는 것은 동기부여가 되지 않습니다. 시합에 참가하기 위해서 우리 에스펜 초등학교는 '듀크시의 질주자들Duke City Dashers'로 이름지어진 앨버커키 육상팀에 가입할 것입니다."

듀크는 앨버커키 시의 애칭이다. 예전에 한 공작이 앨버커키에 살았는데, 그후로 앨버커키를 듀크Duke(공작)라는 별칭으로 부르기도 했다. 앨버커키의 많은 스포츠클럽들이 '듀크시의 ○○' '듀크시의 △△' 등등의 이름을 가지고 있었다.

"이 육상팀은 앨버커키 소재 초등학교 체육선생님들이 코치를 맡고, 각 학교에 소속된 선수들이 다 함께 할 것입니다. 평소에는 각자 자신들 학교에서 훈련을 하고, 시합에 나가기 직전에는 같이 훈련할 것입니다."

베이커가 학부모들에게 지원을 호소하는 데는 이유가 있었다. '듀크시의 질주자들'이 전국 팀으로 승인을 받게 되면, 멀리 원정 시합을 나가는 경우도 있을 것이고, 그때 들어가는 비용을 학부모들이 부담해야 하기 때문이다. 코치는 아이들을 지도하고, 아이들은 열심히 달리고, 부모들은 그 외의 모든 것을 지원해 주어야 하는 것이다. 그렇게 할 수 있을 때에야 육상팀에 들어올 수 있었다.

학부모들은 많은 일을 감당해야 한다는 것을 알았지만, 자신의 아이들을 베이커 코치에게 지도받게 하고 싶었기에 대부분 동의를 했다. 그리고 학부모위원회를 만들었다.

16

나의 사랑스런 '작은 잔디깎기'들

존 베이커는 처음에는 '듀크시의 질주자들' 코치가 되기를 망설였었다. 그러나 자신의 생이 얼마 남지 않았다는 것을 알고, 짧은 시간에 최대한 많은 아이들과 함께 하기를 원했기에 기꺼이 '듀크시의 질주자들' 코치가 되었다. 이로써 '듀크시의 질주자들'은 미국육상경기연맹에 정식 팀으로 등록되었고, 육상 스타 존 베이커를 코치로 영입하면서 유명해졌다. 그는 자신의 육상팀뿐 아니라 '공식 장비 관리자' 빌리와 '트랙 담당 부코치' 앤서니 등 스태프들도 팀에 합류시켰다. 스태프들은 뛸 듯이 기뻐했다.

에스펜 초등학교 육상팀은 수업이 끝나면 학교 운동장이나 공원에서 달리기 연습을 했다. 그들은 에스펜 학교 팀이면서 동시에 '듀크시의 질주자들'의 선수이고 스태프들이기도 했다. 그들은 존 베이커의 선수이고 스태프인 것을 자랑스러워했고 기꺼이 많은 시간을 투자했다.

앨버커키 '듀크시의 질주자들'은 8-13세의 여학생들로 구성되었는데, 클럽의 목표는 단순했다. 소녀들의 육상 기술과 능력의 향상이다. 물론 베이커 코치는 육상 기술뿐 아니라 사회적, 정신적 성장도 중요하게 생각했다. 존에게는 아이들로 하여금 육상이라는 힘든 운동을 통해 승리, 패배, 도전, 한계를 극복하고 정신적인 성장과 자긍심을 기르도록 하는 것이 목표였다.

예전에 존의 부모가 그랬던 것처럼, 클럽에 가입한 아이들에게는 부모들의 적극적인 동참이 요구되었다. 아이들이 다른 주州로 시합을 나갈 때면 부모들은 휴가를 내어 자신들의 차에 아이들을 태우고 함께 원정을 갔다. 코치들 모두가 현직 체육교사들이었기 때문에 체육 수업에서 눈여겨본 학생에게 '듀크시의 질주자들'에 가입을 독려하고, 부모를 만나서 아이들과 함께 팀에 봉사할 수 있는지를 물어보았다. 코치와 선수, 그리고 부모 모두의 노력이 있어야 가능하다는 것이 베이커의 생각이었다.

'듀크시의 질주자들'은 피닉스, 덴버, 볼더, 알라모스, 콜로라도 스프링과 캘리포니아의 많은 도시에서 열리는 경기에 참가했으며 시합뿐 아니라 교육적인 면에도 시간을 할애했다. 1년에 만 달러 정도의 적지 않은 예산이 필요했으므로 부모들은 세차, 차고 세일(집에서 쓰던 물건을 차고 앞에 놓고 파는 것), 캔디 판매, 개인적인 기부 등으로 충

당했다. 그러면서도 부모들은 아이들만큼이나 즐거워했고 시합을 앞두고는 함께 흥분했다.

신체적인 기능 향상 이외에도, 어린 나이에 힘든 운동과 고통 후에 얻는 성취감을 맛본다는 것은 매우 귀중한 경험이다. 실제로, 육상 경기를 하면서 아이들은 삶을 배울 수 있었다. 삶은 항상 승리하는 것이 아니듯이, 경기를 통해 때론 승리하고 때론 실패하면서 삶에 대해 간접적으로 경험해 볼 수 있다. 어쩌면 이기는 것보다는 어떻게 지는지, 패배를 어떻게 긍정적으로 받아들일 것인지가 아이들에게는 더욱 더 중요했다. 한 명의 우승자가 있으면 거기에는 100명의 패배자가 있다. 우승을 하고 싶다면 정말로 열심히 해야 한다. 그 한 명이 되기까지는 많은 노력과 시간 그리고 숱한 패배가 필요하다는 것을 아이들은 깨닫게 되는 것이다. 그래서 지금 당장은 우승을 하지 못하더라도 아이들이 목표를 갖고 최선을 다해 시합에 임한다면 자신들의 향상에 만족한다고 존은 믿었다.

'듀크시의 질주자들'은 이제 완벽한 팀이 되었다. 선수들은 등 뒤에 금색으로 DCD라는 글자가 쓰인 녹색 유니폼을 입었는데 존은 그들을 '작은 잔디깎기들'이라고 불렀다. 베이커는 육상팀의 원정 경기를 녹화해 와서 아이들의 부모에게 보여주곤 했는데, 그들은 정말로 잔디깎기처럼 열심히 내달렸다. 존은 그런 아이들이 너무나도 자랑스러웠다.

앨버커키의 날씨는 대체로 구름 한점 없이 맑았다. 암 때문에 하루

하루 고통을 안고 사는 그였지만 언제나 "육상 연습하기에 얼마나 좋은 날인가?" 라며 아침에 눈을 뜨고, 아이들의 코치를 시작하곤 했다. 그는 '듀크시의 질주자들' 만 코치한 것이 아니었다. 그의 본연의 임무인 체육교사로서 에스펜 초등학교 1학년 학생들에게 각종 스포츠의 기본 룰을 가르쳤다. 그래서 그들이 2학년이 되었을 때는 또 다른 지식들을 가르치고, 그들이 중학생이 되었을 때는 야구, 축구, 농구를 즐길 수 있었고, 스포츠규칙과 스포츠맨십에 대해 알게 되었다.

각 초등학교에서 모인 다섯 명의 코치들은 자기 학교 운동장이나 가까운 공원에서 자신들의 아이들을 따로 가르쳤고, 시합이 있을 때는 함께 모여서 훈련했다. 처음에는 소녀들로만 구성되었지만, 후에는 남학생들도 참여하게 되었다. 코치들은 무보수로 일주일에 15~20시간씩 일했는데, 크고 작은 대회에서 아이들이 따온 상과 메달, 주 신기록이 예상보다 10배는 넘었다. 이런 상과 기록보다도 코치들이 더 중요하게 생각하는 게 있었는데 베이커는 그것을 '나눔의 행복' 이라고 했다.

존은 한 신문과의 인터뷰에서 밝히기를, "제가 제 자신을 위해서 달릴 때는 이기적인 것이었고 어떤 행복도 없었습니다. 저는 아이들의 육상팀에 제 전부를 쏟고 싶었습니다. 아이들을 코치하는 것은 정말로 저에게는 즐거움입니다. 제가 아이들에게 준 것들을 아이들은 다 돌려줍니다."라고 말했다.

달리는 것은 다분히 개인적인 것이다. 거기에는 선수와 시합 자체만 있을 뿐이다. 간단히 말해 '너 스스로의 삶을 살아야 한다'는 것이다. 하지만 코치와 아이들이 함께 승리와 패배에 관해 이야기를 나눌 때 비로소 그들은 삶을 공유한다. 여러 학교에서 모인 '듀크시의 질주자들'은 서로에게 적이 아니고 선의의 경쟁자이다. 경쟁자들끼리 성장하면서 앨버커키의 육상팀은 풍성해질 것이었다.

'듀크시의 질주자들' 연합팀 훈련이 있던 날, 존 베이커는 팀 모토에 대해서 설명했다.

"다음의 목록은 우리 팀의 모토이다. 너희가 더 넣고 싶은 것이 있다면, 목록에 넣어도 좋다. 각자 자신이 만들어서 자신의 방에 걸어놓는 것도 좋은 생각이다. 시합을 하거나 연습할 때 언제든지 되새기면서 노력해 보도록!"

'이기는 것만큼 어떻게 지는 것도 배워야 한다!'

'항상 최선을 다해라. 거기에 약간만 더하라!'

'뛰는 것이 힘들면, 피하지 말고 맞서 싸우라.'

'중요한 것은 이기는 것이 아니다. 최선을 다하는 것이다!'

'오늘 빼먹은 훈련 날은 다시 오지 않는다.'

'목표를 정하고, 그 목표를 달성하기 위해 노력하라!'

'결승점에 도달하기 전까지 절대로 포기하지 말라!'

17

존 할랜드 코치

주니 초등학교 4학년 체육시간이 거의 끝나갈 무렵, 엘리샤는 수업이 끝나면 누가 먼저 체육관에서 나갈지에 대해 세 명의 남학생과 내기를 했다. 그녀는 시계를 쳐다보며 종이 울리기만을 기다렸다. 할랜드 코치는 '듀크시의 질주자들' 가입 신청서를 아이들에게 나눠주며 얼마나 대단한 육상팀인지, 그 팀에 가입함으로써 얼마나 가치있는 일인지에 대해 진지하게 설명하고 있었다. 엘리샤는 체육관에서 나가는 데만 정신이 쏠려 할랜드 코치의 얘기는 듣는 둥 마는 둥했다.

마침내 끝나는 종이 울리고 엘리샤가 막 문을 향해 달리려고 한발짝 내디뎠을 때 "엘리사, 수업 끝나고 좀 남아라!" 하는 할랜드의 목소리가 들렸다. 엘리샤는 움찔했다. '내가 뭘 잘못했나? 내가 무엇을 했었지?'

코치 할랜드는 의자를 당겨 앉아서 엘리샤와 눈높이를 맞췄다. 그는 아이들에게 거인과 같은 존재였다. 키가 컸고, 텁수룩한 머리와 수염에 눈빛은 날카로웠다. 첫수업 시간에 그의 첫인상을 본 아이들은 바짝 긴장했다. 하지만 아이들은 곧 그를 좋아하고 존경했다. 그는 모든 스포츠를 어떻게 해야 하는지에 대해서 자세히 가르쳐준 최고의 체육선생님이었다. 모든 학생들이 그를 따랐고 아이들은 그의 카리스마에 완전히 제압당했다. 그런 할랜드 코치가 엘리샤와 시선을 마주하고, '듀크시의 질주자들' 팀에 들어오라고 설득하는 것이다.

"엘리샤, 넌 육상에 재능이 있다. 그 재능을 '듀크시의 질주자들'에서 발전시키고 발휘할 수 있을 거야."

엘리샤는 할랜드 코치의 눈을 똑바로 보려 했지만, 그의 눈빛이 너무 강렬해서 생각과는 달리 눈길을 피하게 되었다. 그는 계속해서 육상 팀에 들어오면 왜 좋은지를 진지하게 설득했다.

엘리샤는 강렬한 눈빛에 굴복하듯이 자신도 모르게 "네, 코치님, 알겠어요" 라고 말하곤 운동장으로 달려나갔다.

집에 도착하자마자, 엘리샤는 어머니에게 '듀크시의 질주자들'에 가입해도 되는지 물었다. 어머니의 대답은 "안돼!"였다. 엘리샤의 어머니는 엘리샤가 그 팀에 가입하면 일이 얼마나 많아질지, 시간을 얼마나 소비할지, 돈이 얼마나 들지, 비용을 마련하기 위해서 얼마나 힘든지에 대해 말했다. 엘리샤는 할랜드 코치와 약속했기 때문에 꼭 가입해야 한다고 고집했다. 1년 전에도 가입신청서를 가져왔지만, 어머니의 반대로 그대로 휴지통에 던져버렸지만 이번에는 달랐다. 할랜드 코치와 약속을 했다. 그날 저녁 어머니는 아버지에게 의논했고, 아버지는 가입을 허락했다.

토요일, '듀크시의 질주자들' 가입을 위한 기록 측정이 윌슨 경기장에서 있었다. 아버지와 함께 경기장에 들어선 엘리샤는 경기장이 너무나 커서 두려웠다. 그녀는 아버지에게 "이 경기장의 트랙을 다 돌아야 돼요?"라고 물었고, "반 바퀴만 돌면 된다"는 대답을 듣고는 안심했다. 엘리샤는 아버지로부터 200미터를 어떻게 달릴지에 대한 설명을 들었고, 마침내 달려야 할 시간이 왔다. 여러 명의 선수들이 출발선에 섰다. 총성이 울리고 엘리샤를 비롯한 다른 주자들이 뛰쳐나갔다. 엘리샤는 그날 첫 번째 공식 경기에서 승리했다. 이것으로써 엘리샤의 '듀크시의 질주자'로서의 경력이 시작된 것이다.

'듀크시의 질주자들'에 가입하면서 엘리샤의 생활은 180도 바뀌었다. 지금까지 그녀는 학교에서 외톨이였고, 방과 후에는 소파에 누워서 텔레비전을 보는 것이 주요 일과였다. 그런데 육상팀에서 열심히 훈련하는 동안 힘들기보다는 긍정적인 선수들에 둘러싸여 활기를 찾았다. 마음에 맞는 친구를 사귈 수도 있었다.

육상 훈련과 크로스컨트리 훈련을 시작하기 전 워밍업 달리기와 스트레칭을 할 때 소녀들은 서로 얘기하고, 웃으면서 보냈다. 하지만 할랜드 코치가 운동 스케줄에 대해 설명할 때면 모두 진지해졌다. 그들은 마치 대학 선수처럼 훈련했다. 훈련의 막바지에 이르면 그들은 더 이상 얘기할 기력도 없었다. 모두들 기진맥진해져서 부모들이 기다리는 주차장으로 천천히 걸어가는 것이 전부였다. 하지만 그런 힘든 훈련이 '듀크시의 질주자들'을 전국대회까지 출전하게 만든 원동력이 되었고, 전국적으로 유명한 팀으로 만들어주었다.

할랜드 코치는 겉으로는 퉁명스럽고 무뚝뚝해 보였지만, 속으로는 매우 따뜻한 사람이었다. 아이들도 그런 점을 잘 알고 있었다. 모든 소녀들은 그를 존경했고, 조금이라도 더 열심히 해서 그를 즐겁게 해주려 했다. 매주마다 할랜드는 성적이 좋았거나, 한 주 동안 많은 발전을 보였거나 또는 최선을 다한 사람에게 '이번 주의 질주자'라는 상을 주었다. 할랜드는 엘리샤를 비롯한 소녀들에게 카리스마 넘치면서도 따뜻한 코치로 기억되었다.

18

토스트와 토스터

'듀크시의 질주자들'은 샌디아 산 언덕에서 크로스컨트리 연습을 하고 있었다. 오르막길을 오르내리는 훈련으로 평지와는 다른 근육을 자극하고 근육의 다른 수축 형태를 경험해 볼 수 있으면서, 무엇보다도 훈련의 다양성을 줄 수 있어 시합이 없는 비시즌에 하는 트레이닝 방법의 하나이다. 존은 무척 피곤했지만, 아이들과 함께 오르막을 올라갔다가 막 내려오는 길이었다.

언덕 아래에 내려왔을 때 꼬마 여자아이가 길옆에 쪼그리고 앉아 있는 것을 보고 가까이 다가갔다.

"꼬마야, 여기서 뭐하고 있니?"

산에서 불어오는 바람이 제법 쌀쌀했던 듯 아이는 몸을 잔뜩 움츠리고 떨고 있었다.

“나는 스테파니예요. 로리 동생이에요.”

“아, 네가 로리 동생이구나, 몇 살이니?”

“세 살 반이에요.”

“이렇게 추운데 여기서 앉아 있으면 어떡하니? 너 무척 떨고 있구나.”

“로리 언니가 여기서 기다리라고 했어요.”

존 베이커가 ‘듀크시의 질주자들’과 함께 언덕을 달렸던 곳. 스테파니를 처음 만난 곳이기도 하다.

"너도 같이 뛰지 그랬니? 그러면 몸이 금방 따뜻해져서 춥지 않단다. 나를 봐라, 더워서 땀이 나지?"

존은 이마의 땀을 스테파니에게 보여주었다.

"그런데 저는 달릴 수가 없어요. 보세요."

스테파니는 오른쪽 바지를 당겨올려 존에게 보여주었다. 그애의 오른쪽 다리에는 금속으로 된 보조기가 채워져 있었다.

"저런, 다리를 다쳤니?"

"아녜요. 이 다리는 매우 약해요. 그리고 움직이면 너무 아파요. 제 다리에 병이 있대요."

존은 보조기를 한 다리와 성한 쪽 다리를 번갈아 만져보았다. 아이의 다리는 살이 없이 가날펐는데, 아픈 오른쪽 다리가 왼쪽보다 더 빈약했다.

"어쨌든 이렇게 추운데 그만 내려가자." 베이커는 손을 잡아주며 아이를 일으켜세웠다. "스테파니, 우리 게임을 하나 할까?"

"게임요?"

"그래. 토스트와 토스터 게임. 내 트레이닝복에 들어와 봐라. 네가 완전히 데워지면 꺼내 주마."

존은 스테파니를 트레이닝복 안에 넣고 지퍼를 채웠다. 스테파니의 몸은 트레이닝복 안에 충분히 들어갈 만큼 작고 가뻔했다. '토스트와 토스터'는 함께 학교 버스가 있는 산 아래쪽으로 내려왔다.

버스로 오자 할랜드 코치가 아이들이 타는 것을 도와주고 있었다.

옆에 주차된 픽업트럭 옆에 로리와 그애의 부모가 스테파니를 기다리고 있었다.

"안녕하세요. 베이커 코치님. 저희는 로리 부모입니다. 저는 스티브 킬이고 제 와이프 로이스 킬입니다."

"네, 안녕하세요. 존 베이커입니다."

베이커의 트레이닝복에서 고개만 내민 채 스테파니가 자랑스럽게 얘기했다.

"우리 지금 토스트와 토스터 놀이 하는 거야. 베이커 코치님이 달리니까 점점 더 따뜻해졌어."

존은 스테파니를 부모에게 넘겨주었고, 스티브 킬은 아이를 픽업트럭 뒷좌석에 로리와 같이 앉혔다.

"스테파니가 다리를 다쳤나요?" 존은 스테파니의 부모에게 물었다.

"어렸을 때 고열에 시달렸습니다. 거의 2주 동안이었죠. 나중에서야 중이염인 걸 알았지요. 한쪽 신장이 심하게 감염되었고, 오른쪽 정강이에 골수염을 앓고 있어요. 게다가 면역결핍증이 있어서 면역력이 매우 떨어져 있다고 합니다." 스티브 킬이 담담하게 얘기했다.

"그래서 오른쪽 다리에 보조기를 하고 있군요?"

"네. 의사는 스테파니가 다리를 잃을 수도 있다고 합니다. 벌써 아픈 다리가 성한 다리보다 약간 짧고 말랐어요." 스테파니 엄마의 눈에 눈물이 맺혔다.

1966년 4월 15일 앨버커키에서 태어난 스테파니는 세 살 되던 해,

2주 동안 고열을 앓았다. 나중에서야 고열의 원인이 한쪽 귀에 생긴 몇 가지 합병증 때문이란 것을 알았다. 그녀는 오른쪽 신장이 심하게 감염되었고 오른쪽 정강이뼈에 골수염을 앓았다. 게다가 무감마글로블린혈증(일종의 선천적 면역결핍증)을 갖고 있었는데 이것으로 인해 면역력도 많이 떨어져 있었다. 의사는 스테파니에게 재활운동을 시키도록 그녀의 부모에게 권유했다. 재활운동이 혈액순환을 도와 아픈 다리를 굳지 않게 하고, 성한 다리와의 성장 균형을 도와줄 것이라고 했다. 만일 혈액공급이 원활하지 않을 경우 그녀는 다리를 잃을 수도 있다고 경고했다. 그애의 아픈 다리는 성장이 되지 않아 성한 다리보다 약간 짧았다.

"달리기 같은 운동이 다리뼈와 근육의 성장을 도와줄 텐데요?"

"의사도 운동을 해야 혈액순환을 도와준다고 했어요." 로이스가 진지하게 대답했다. 아마 그것이 스테파니를 데리고 온 이유일 터였다.

"의사가 달리기를 하라고 하던가요?"

"아뇨. 직접적으로 달리기라고 얘기하지는 않고, 운동을 해야 한다고만 했어요."

"로리 어머니, 스테파니의 담당의사 전화번호를 알려 주시겠어요? 제가 한번 물어보겠습니다. 로리는 물론 스테파니도 육상팀이 될 수 있을 겁니다."

스테파니 가족과 인사를 나누고 존은 마지막으로 버스에 올랐다. 운전석에는 할랜드가 앉았고, 베이커는 조수석에 올라탔다. 순간 밀려오는 복부 통증으로 존이 얼굴을 찡그렸다.

"이봐, 존. 괜찮아?"

"그냥 무척 피곤해. 그만 출발하자고." 존은 눈을 감고 의자에 앉아 몸을 뒤로 젖혔다. 땀이 비오듯 흘렀다. 이제 통증은 항상 그를 따라다니고 있었다.

집에 돌아온 존은 어머니와 스테파니에 대해 이야기했다.

"어머니, 아기가 고열로 아프기도 하나요?"

"그럼, 헬렌 켈러는 두 살 때 고열을 앓고서 눈과 귀가 멀고, 말을 못 하게 되었잖니."

"오늘 스테파니라고 로리의 동생을 봤어요. 스테파니는 귀가 2주 동안 아팠다고 하더라고요. 그래서 말도 좀 어눌한 것 같기도 하고요. 아직 어려서 말이 서툰 것일 수도 있지만요."

"아마 중이염이었나 보구나. 정말 불쌍하게도. 그런 경우가 많단다. 그래서 아기들이 열이 있으면 바로 병원에 가야 하지."

"스테파니는 이제 세 살 반밖에 되지 않았어요." 존은 한숨을 쉬었다.

폴리 베이커는 감정이 혼란스러웠다. 죽어가고 있는 아들이 자신의 죽음보다는 세 살 반짜리 아이를 걱정하는 것을 어떻게 받아들여야 할지 몰랐다. 혼란은 잠시뿐 아들이 자랑스러웠다.

"헬렌 켈러는 설리번 선생의 도움으로 비로소 세상과 소통을 했잖니. 설리번 선생이 사물의 이름을 손바닥에 적어주고 그것을 알았을 때, 헬렌 켈러는 그 모든 것이 마치 빛처럼 다가왔다고 하더구나. 그처럼 선생님이 중요하지…."

폴리 베이커는 아들이 어린 소녀를 도와주고 싶어한다는 것을 이미 눈치챘다. 자신의 죽음따위는 이미 신경쓰지 않는 존은 에스펜의 슈퍼맨이 아닌가? 그래서 마음으로는 존이 더 휴식을 취하고 자신을 위해 시간을 쓰기를 바랐지만, 존이 좋아하는 것을 하도록 해주고 싶었다.

"존, 누군가는 그애를 도와야겠구나?"

"어머니…?"

속마음을 들킨 듯 존은 놀란 표정으로 폴리를 바라보았다. 잠깐의 침묵 뒤에 그는 자리에서 일어섰다.

"저도 그렇게 생각합니다. 누군가는 이 소녀를 도와야 한다고요. 저 잠시 나갔다 오겠습니다. 먼저 주무세요."

"아니 어두워졌는데, 어디를 가려고?"

"공부 좀 하려고요."

"공부? 지금 이 시간에? 그래 그렇지만, 너무 늦진 말아라."

그날 밤 존은 뉴멕시코 주립대학교 의과대학 도서관에서 중이염, 골수염 등에 대해서 자료를 찾아보았다. 그리고 도서관 폐관시간인 9시가 넘어서야 퇴근하는 사서와 함께 도서관을 나왔다. 의학서적을 찾아본 결과 운동이 스테파니에게 도움을 줄 것 같았다. 그렇지만, 스테파니에게 달리기를 시킬 수 있을지에 대해서는 아직 확신이 서지 않았다.

다음날 아침 일찍, 베이커는 성조셉 병원으로 달려가 안내 데스크에 물었다.

"안녕하세요. 닥터 레이크스투러를 만나볼 수 있을까요?"

"예약하셨나요? 오늘 외래 진료가 없으시고, 지금은 3층에서 회진 중이실 겁니다. 최소한 한 시간 이후에나 사무실로 오실 것 같은데요. 확실하진 않아요. 간혹 늦어지기도 하니까요."

"제가 초등학교 선생이어서 잠시 뵙고 바로 학교로 가야 합니다. 혹시, 호출 등으로 전화 통화가 가능할까요?"

"호출은 응급상황에서만 할 수 있어요. 죄송합니다."

기다릴 시간이 없었다. 존은 무작정 3층으로 올라갔다. 복도에는 흰 가운을 입은 의사 몇 명이 대화를 나누고 있었다. 저 중에서 닥터 레이크스투러가 있을까?

"닥터 레이크스투러?"

존은 무작정 스테파니의 담당 의사 이름을 불렀다. 호흡을 가다듬고 자신있는 목소리로 침착하게 웃음을 띤 채, 잘 아는 사람이라는 듯이.

중년의 의사가 의아한 얼굴로 고개를 돌렸다. 존은 바로 그에게 다가가 악수를 청하고, 잡은 손을 가볍게 당겨 그를 의사들 틈에서 끌어내었다.

"저는 존 베이커입니다. 에스펜 학교의 체육선생입니다. 지역 육상팀의 코치이기도 하지요. 우리 육상팀에 선생님 환자인 어린 소녀가 있어요. 스테파니 킬. 아시지요?"

베이커는 본론부터 꺼냈다. 잠시 당황한 기색이던 의사는 곧 편안한 표정이 되었다.

"알죠. 스테파니는 나의 환자입니다. 학교 선생님이시군요. 그런데, 무슨 일이시죠?"

존은 스테파니에 대해서 알게 된 것과 대학 도서관에서 읽은 것들을 재빨리 얘기해 주고, 달리기가 그애에게 도움이 될지에 대해 단도직입적으로 물었다. 닥터 레이크스투러는 한 손으로 턱을 만지며 침착하게 듣고 난 후 입을 열었다.

"스테파니의 부모님과는 이미 이야기가 되었다고요?"

"그렇습니다. 당장 그들에게 전화하셔도 됩니다."

"그럴 필요까지야…." 닥터 레이크스투러는 찬찬히 설명했다. "운동은 아마 스테파니에게 치료와 병행하여 도움이 될 것입니다. 그런데 제 걱정은 아이가 너무 어려서 아픈 다리를 움직이기에는 너무 고통스러울 텐데, 그것을 참기가 어려울 것입니다. 어른들도 주기적으로 진통제를 맞습니다."

존이 재차 물었다.

"제가 묻는 것은 간단합니다. 선생님, 달리기가 스테파니에게 도움이 될까요?"

"이봐요, 젊은 선생. 어떤 의사가 세 살 반밖에 되지 않은 아이가 운동을 해서 병을 호전시킬 거라고 확신할 수 있겠습니까? 아마 도움은 될 수 있겠죠. 그렇지만, 큰 기대는 하지 마십시오. 저는 다시 회진을 돌아야겠습니다. 완벽한 대답을 주지 못해서 미안합니다."

존은 악수를 하면서 말했다.

"아닙니다. 제가 꼭 들어야 할 말은 다 들었습니다. 감사합니다."

존은 서둘러 학교로 갔다.

학교로 오자마자 존은 스테파니의 집에 전화를 했다. 스테파니의 엄마가 전화를 받았다.

"존 베이커입니다. 스테파니를 오늘 육상팀 연습에 데려오십시오. 제가 불렀다는 것은 그애에게 비밀입니다."

"베이커 코치님, 정말 감사합니다. 로리와 함께 시간에 맞춰 가도록 하겠습니다."

전화를 끊은 스테파니 엄마는 가슴이 벅차올랐다.

"오, 하나님. 감사합니다."

그날 수요일 오후 루스벨트 공원에서 '듀크시의 질주자들'이 출석체크하는 동안 존은 로이스 킬이 주차해 놓은 픽업트럭으로 다가가서 스테파니를 안아올렸다.

"스테파니, 너 로리 언니처럼 '듀크시의 질주자들'이 되고 싶니?"

"그럼요, 그럼 저도 '듀크시의 질주자들' 티셔츠를 가질 수 있나요?"

"당연하지, 그렇지만, 네가 달려야만 유니폼을 줄 수 있단다."

"안돼요. 저는 달릴 수 없어요. 저번에도 보여 드렸잖아요? 그리고 움직이면 아파요."

"걱정 마라, 지금 달리라는 것이 아니야. 단지, 조금 시도해 보라는 거야."

"그렇지만, 정말 아파요." 스테파니의 얼굴에는 두려움이 가득했다.

존은 스테파니를 안아 선수들 앞으로 데려갔다.

"오늘 우리 '듀크시의 질주자들'에 명예회원이 들어왔다. 명예회원, 말 그대로 아주 중요한 회원이다. 최연소 회원 스테파니 킬을 소개하겠다."

소녀들은 로리의 동생인 스테파니를 이미 알고 있었고, 그애가 훈련중에 항상 혼자 앉아 있는 것을 알았기에 큰 환호와 박수로 맞아주었다. 존은 스테파니를 들어올려 아이들이 잘 보이게끔 한 다음 말을 이었다.

"명예회원인 스테파니 킬이 앞으로 새로 입회할 신입회원을 따끔하게 신고식을 해줄 것이다. 앞으로 신입회원들은 어떤 종목을 막론하고 가장 먼저 스테파니와 100미터를 겨뤄야 할 것이다. 만일 스테파니를 이기지 못하면 '듀크시의 질주자들'에 들어올 수 없다."

아이들은 모두 환호와 갈채를 보내며 웃었다.

"아 잠깐, 한 가지 더 있다. 너희들이 이미 '듀크시의 질주자들' 일원이라고 안심해서는 안 된다. 오늘부터 그날의 어떤 종목이든지 3위 안에 드는 선수들은 모든 연습이 끝나고 스테파니와 경주를 해야 할 것이다."

선수들은 다시 한번 환호로 코치의 말에 화답했다. 파이팅을 외치고 각자 자신들의 훈련 구역으로 가고, 그날 새로운 들어온 두 명의 신입회원이 존 앞에 다가왔다.

"저희들이 오늘 '듀크시의 질주자들' 신입입니다."

존은 아이들에게 인사를 하고 스테파니의 어깨를 잡았다.

"스테파니, 자 오늘 너의 첫 경기이다."

존은 두 명의 신입회원과 스테파니를 출발선 위에 정렬시켰다.

"스테파니, 할랜드 코치님이 총을 쏘면 달리는 거다."

스테파니는 고개를 끄덕이고 출발선에서 고개를 숙이고 준비를 취했다.

"준비…."

탕!

두 명의 신입회원이 재빨리 달려 나갔지만, 스테파니는 그대로 있었다. 존이 다가갔다.

"스테파니, 무슨 일이니? 왜 달리지 않지?"

뒤에 있던 스테파니의 엄마 로이스가 다가와 말했다. "스테파니는 잘 듣지를 못해요."

존은 깜짝 놀랐다. 맞아, 이 아이는 중이염을 앓았다고 했지. 그렇다면 지금까지 내 입 모양을 보고 얘기한 것이구나.

"스테파니." 존은 스테파니의 얼굴을 양손으로 잡아 자신의 입 모양을 보도록 했다. "출발준비 전에 고개를 꼭 들어라. 그래서 할랜드 코치의 총에서 녹색 연기가 나면 그때 뛰도록 해라. 알았지?"

베이커는 입을 크게 벌려서 얘기해주고 할랜드를 가리키며 그곳을 보도록 했다.

"알았어요, 베이커 코치님."

존은 할랜드에게 한 번 더 총을 쏘도록 했다. 스테파니는 고개를 들어 할랜드의 총을 응시했다. 탕! 총소리와 함께 푸른색 연기가 피어올랐다.

스테파니는 오른쪽 다리를 끌면서 달리려 애썼지만, 몇 걸음 가지 못하고 쓰러졌다.

"아파. 아파. 다리가 아파요."

스테파니는 울면서 트랙에 엎드렸다.

존은 그녀를 안아 운동장에서 조금 떨어진 나무 밑으로 데려갔다.

"스테파니. 자, 이걸 봐라."

존은 얼굴을 양손으로 늘리고 눈동자를 가운데로 모으고 코를 올렸다.

"블라, 블라, 블라~~~"

스테파니는 존의 이상한 표정에 이내 울음을 그치고, 웃음을 터뜨렸다.

"지금 뭐하는 거예요, 코치님?"

존은 이번에는 아주 화난 표정을 지었다.

"이~~건~~괴~~물~~표~~정~~이~~다. 스~~테~~파~~니~~"

존은 더욱 더 근엄하고 나직한 목소리로 소리쳤다.

"아~픔~은~스테파니~에게서~ 물~러~가~라~~나는 괴~물~이~다~"

스테파니가 웃음을 터뜨렸다.

"하하. 정말 괴물 같은 얼굴이에요."

스테파니는 어느새 아픔도 잊은 채 웃으며 얘기했다.

"자, 스테파니 이제 너 차례다. 너도 어서 주문을 외워 봐."

"부기, 부기, 부기, 부기~~"하며 스테파니는 코를 찡그린 채 눈을 크게 뜨고 입꼬리를 올렸다.

"그래 잘했다. 정말 무서운 얼굴이구나. 이제 달리기를 하다가 다리가 아프면 이 나쁘고 늙은 고통영감아, 물러가라, 하면서 그 괴물 얼굴을 해야 해. 알았지? 그러면 고통이 무서워서 도망갈 거야. 나도 아플 때나 달리기를 하면서 고통스러울 때 꼭 이렇게 하는데 정말 고통이 사라진단다."

"네. 그렇게 할게요, 베이커 코치님."

"약속하지?"

"네, 약속해요. 달릴 때 아프면 꼭 괴물 얼굴을 할게요." 스테파니는 약속했다.

그날 이후로 스테파니는 아플 때마다 얼굴을 무섭게 만들고 달렸다. 이런 사연을 모르는 사람들은 스테파니의 표정을 보고 의아해 했지만 존에게는 세상에서 가장 아름답고 귀여운 천사의 얼굴이었다.

며칠 후 존 베이커는 약속대로 스테파니를 '듀크시의 질주자들'에

입단시켰고, 그날은 신입회원들에게 유니폼을 나눠주는 날이었다. 존은 스테파니를 데리고 유니폼을 가지러 갔다.

"정말 저에게 '듀크시의 질주자들' 셔츠를 주시는 거예요?" 스테파니는 믿기지 않는다는 듯 거듭 물었다.

"그럼, 당연하지. 너도 '듀크시의 질주자들'이니까."

"셔츠는 어떻게 생겼어요?"

"음, 양쪽에 날개가 있단다."

웃으며 뒤따라오던 스테파니의 엄마가, "너는 이제 '듀크시의 질주자들' 천사가 되겠구나"라고 하자, 스테파니는 정색을 하고 대답했다. "아니야. 난 천사 싫어. 달리기 선수가 될 거야."

존은 그저 웃었다. 스테파니가 이제는 달리기를 즐기고 있다는 것을 알았다.

존의 스포츠카 앞에서는 할랜드가 소녀들에게 셔츠를 나눠주고 있었다.

"자. 모여봐라, 우리 잔디깎기들." 베이커는 애칭으로 선수들을 불렀다. "이따가 부모님들이 너희를 데려가기 위해 오시면 여기에 있는 핀으로 몸에 맞춰 표시해 달라고 말씀 드려라. 그리고 다시 돌려주면 내일 고쳐서 가져오도록 하겠다."

그날 밤, 존은 40벌의 유니폼을 집으로 가져왔다.

"어머니, 이 유니폼을 내일까지 좀 수선해 주세요." 평소와는 달리 존은 어머니의 의견은 묻지도 않고 직접적으로 요청을 했다.

"응? 그렇게 하자꾸나. 내일 정오까지 해보도록 할게."

"고맙습니다. 어머니. 어디까지 줄일지 핀으로 표시해 놨어요. 저는 잠시 나갔다 올게요."

40벌의 유니폼들을 물끄러미 바라보면서 폴리 베이커는 생각했다.

'존은 항상 상냥하게 나의 의견을 물어보곤 했는데, 오늘은 내가 이 일을 할지 안 할지에 대해서 묻지 않았다. 아마 나를 자신의 스태프로 생각하나 보다. 나는 이제 그의 어머니이자 믿음직한 파트너이다.'

폴리 베이커는 시간이 얼마 남지 않은 아들을 위해 할 수 있는 것은 무엇이든지 하고, 그가 원하는 것은 어떤 것이든 질문이나 판단을 하지 않겠다고 다짐했다. 그래야 그가 더 중요한 일에 시간을 더 낼 수 있다고 믿었다.

훗날 스테파니의 회고

존은 스테파니에게 특별한 관심을 가졌고, 그녀는 겨우 세 살 반의 나이로 시합을 위해 달리기를 시작했다. 그후로도 그녀는 통증을 안고 달려 25번의 기록을 경신했다. 7학년(한국의 중학교 2학년)이 되던 해, 존 베이커의 다큐멘터리 영화 〈존 베이커의 마지막 경기〉 상영에 게스트로 초대된 자리에서 그녀는 존에게 고마움을 표시했다. "나는 베이커 코치에게 배운 대로 앞으로도 '나는 할 수 없어', '나는 여기서 그만두겠다' 라는 말을 절대로 하지 않을 것입니다"라고 소감을 말했다. 그 자리에서 스테파니는 아직도 달리는지에 대해 질문을 받았고 "나는 코치 베이커를 위해서 달린다"라고 말했다.

열두 살의 스테파니가 회상하는 존 베이커

그는 나의 아버지나 오빠와 같았어요. 그래서 그가 말한 것은 나에게 매우 중요했어요. 사실 나는 그를 위해 뛰었어요. 그가 원했기 때문이죠.

어느 날 제 언니 로리가 연습을 가고 혼자서 언덕에 앉아 있을 때 그가 나를 안으며 "나는 토스터 너는 토스트"라고 말했던 것을 기억합니다. 그는 언제나 나를 자신 옆에 앉게 했어요.

베이커 코치님의 첫 번째 수술 후 어머니는 내게 코치님 옆에 앉지 말라고 했어요. 그가 면역력이 떨어져 아마 내가 그를 아프게 할 것이라고요. 그렇지만, 베이커 코치는 나를 언제나 그의 곁에 있을 수 있도록 했어요.

—존 베이커의 앨버커키 '스포츠 명예의 전당 입회 축하연'에서

스포츠 명예의 전당 축하연에서 소개된 스테파니의 경기 전력

세 살 반 때 '듀크시의 질주자들'의 연습 장소인 루스벨트 공원에서 스테파니는 첫 번째 크로스컨트리 1마일 경기에서 11분 59초를 기록했다. 그 전에는 출발할 때 총의 연기를 봐야 했었지만, 네 살 때 수술로 50~60%의 청각을 회복했다. 다섯 살 때 캘리포니아 1마일 경기에서 7분 15초의 기록으로 오하이오에서 열린 전국 소녀아마추어경기 참가 티켓을 따낸다. 이때 그녀는 최연소 전국 크로스컨트리 선수로 기록되었다. 오하이오에서 열린 이 경기에는 131명의 9세 이하 선수들이 참가했는데 대부분의 선수들이 9세였고, 5세였던 스테파니는 코스가 매우 어려워 완주도 하지 못할 것이라고 예상되었지만, 9분 19초의 기록으로 131명 중 113등을 기록했다.

그후 10-11세 연령 그룹에서 1마일 5분 23초, 4마일 27분 1초, 주지사배 10마일 경기에서 1시간 24분으로 1등을 하는 등, 12세 때까지 무려 25개의 신기록을 경신했고 대부분 전국 기록 수준이었다. 당시 스테파니는 달리기를 처음 시작했던 세 살 반 때처럼 고통을 가지고 달리고 뛰었다. 그녀는 감염의 위험으로 상처가 생기면 안 되었지만 이미 시합때 찰과상으로 감염을 경험했다. 그러나 그녀는 두려워 달리기를 멈추지 않는다. 천식이 있었지만, 그것도 무시했다. 왜 그런지 아는가? 존 베이커는 그녀에게 "나는 할 수

없어", "포기할 거야" 라는 말을 절대 하지 않도록 가르쳤기 때문이다. 적어도 "네가 시도해 보기 전에는 시합이 끝나기 전에는 절대로 포기하지 말라"는 언제나 그녀가 다짐한 베이커 코치의 충고였고, 세 살 반짜리 스테파니는 절대로 시합을 포기하지 않았다. 그녀의 이런 정신은 시합뿐 아니라 그녀의 삶에 있어서도 마찬가지였다. 한 예로 학교 수업도 마찬가지였고 잭슨 주니어 중학교 2학년 때 전과목 A를 받은 학생이었다.

성인이 된 스테파니의 회고

존 베이커의 이야기는 말기 암을 가진 용감한 청년의 이야기입니다. 그는 1969년 1마일에서 전국 8위 안에 들었고 그의 가능성은 그 이상이었습니다. 당시 그는 올림픽을 준비했으며 결혼을 염두에 두고 있었습니다. 그는 초등학교에서 중학교 여학생들로 구성된 크로스컨트리, 트랙과 필드 육상 클럽 '듀크시의 질주자들'의 코치를 맡고 있었습니다. 존은 말기 암 선고를 받고 자살을 결심했으나 자기 자신에게 말했습니다. "나는 시합을 출발하기 전에 단 한 번도 포기한 적이 없었다."

그는 의사에게서 6개월 선고를 받았지만, 그보다 12개월 더 많은 18개월을 살았습니다.

코치 베이커를 처음 만났을 때 저는 겨우 세 살 반이었지만, 저는 그를 생생히 기억합니다. 저도 '듀크시의 질주자들'이었습니다. 그가 가르치고 코치한 많은 아이들 중 하나였습니다. 저는 골수염이 있어서 다리를 절단해야 했습니다. 존 베이커는 나의 그때 상황을 극복시키기 위해 달리도록 용기를 불어넣어 주었습니다. 그가 없었다면 내 인생의 대부분을 휠체어에서 보냈어야 했을 것입니다. 그는 저뿐 아니라 여러 아이들을 다른 방법으로 도왔습니다.

그는 '자기 효능감'을 아이들에게 주려 했습니다. 자기 효능감이란 "자신의 목표를 자기 자신의 노력으로 할 수 있다"라는 개인의 가능성에 대한 신념입니다.

그 역시도 아이들을 돕고 같이 지내는 데 있어서 오직 자신의 노력만으로 했습니다. 누구에게도 의지하지 않았습니다. 그는 죽는 날까지 아이들을 가르치고 코치했습니다. 그는 다른 사람들이 그를 동정하는 것을 원치 않았습니다. 그는 자기 자신이 아닌, 남을 위해 자신의 모든 것을 쏟았습니다.

베이커 코치는 아이들을 사랑했고 그 사랑을 표현하는 기술이 있었습니다. 그는 가르침과 코칭으로 그의 사랑을 보여 주었습니다. 그것은 언제, 어디서든지 가능했습니다. 그것은 그의 의무로서가 아닌, 그가 정말 원했던 것입니다. 누구를 대하든지 그는 영혼에서 우러나오는 마음으로 대했습니다.

매슬로우 이론The Maslow theory으로 불리는, 자아실현 욕구란 그 잠재력을 최대한으로 발휘한 인간이 되기 위해 자신의 잠재력을 깨달으려고 노력하는 본능입니다. 존은 아이들이 자신의 잠재력을 최대한 발휘하여 자아실현을 할 수 있도록 동기를 부여하고 도왔습니다. 존은 언제나 최선을 다했습니다.

나는 잘 기억합니다. 우리가 달릴 때 그는 우리를 향해 무엇을 잘못했고 무엇이 틀렸다고 화를 낸 적이 한 번도 없었습니다. 그는 언제나 우리를 변

함없이 이해해 주었습니다.

그는 코치이자 최고의 친구였습니다. 그는 매우 아팠지만, 연습중에는 언제나 곁에서 우리를 코치했습니다. 존은 그가 닥친 문제를 생각한 적이 없었습니다. 언제나 남을 생각했습니다. 그는 죽기 일주일 전까지 우리를 코치했습니다.

행동 모델링Behavioral modeling, 그가 가르친 많은 아이들은 여러 가지 방법으로 그를 모델링 했습니다. 자신들에게 닥친 삶이 이해되지 않고 싫더라도, 올바른 방향으로 진행되어 가지 않더라도 그들의 삶을 완벽하게 살 수 있다는 것을 코치 베이커는 보여주었습니다.

존 베이커는 저에게 그리고 많은 이들에게 삶에서 가장 중요한 것을 얻기 위해 절대로 포기하지 않는 것에 대한 영감을 주었습니다.

스테파니에 대한 폴리 베이커의 회상

루스벨트 공원에서 네 살도 채 되지 않은 스테파니가 8-9세 그룹에서 경쟁을 했는데 항상 100미터 이상 뒤처졌지요. 게다가 절기까지 했으니 보는 사람이 안타까웠습니다. 거기다 표정도 매우 힘들어 보였습니다. 나중에 들으니 존에게 화를 내는 표정을 배워 일부러 그런 표정을 지었다더군요. 그렇게 다른 선수들보다 뒤처졌어도 그 아이는 단 한 번도 포기한 적이 없었습니다. 그래서 다른 선수들이 들어오고 한참 후에야 그녀가 들어왔지요. 그럴 때마다 관중들의 함성과 박수는 1등한 선수들보다 더 컸답니다.

담당 의사 레이크스투러가 말하는 스테파니

베이커 코치가 죽고 2년 후인 1973년 2월, 스테파니는 1마일 크로스컨트리 시합에서 드디어 1등으로 메달을 받았다. 닥터 레이크스투러는 스테파니의 부모에게 말했다.

"스테파니가 평생 머물러야 할 휠체어에서 구원해 준 것은 제가 아니라 베이커 코치임이 의심할 여지없는 사실입니다."

19

릴레이 세계 신기록을 세우다

육상 경기에서 코치의 전략이 가장 요구되는 경기가 바로 계주 경기이다. 팀워크와 전략이 중요한 계주 경기에서 특히 존 베이커는 코치로서 탁월한 자질을 보였다. 그는 실패도 소중한 경험으로 승화시킬 줄 아는 지도자였다.

'듀크시의 질주자들'이 창단된 첫해, 콜로라도 알라모스에서 9세 이하 그룹의 릴레이 경기가 열렸다.

아홉 살 작은 체구의 여자아이는 긴장하여 뒤에서 뛰어오는 주자를 기다리고 있었다. 바통을 건네받자마자 금세 터질 다이너마이트라도 되는 양 앞주자를 향해 내달렸다. 타타타탁— 아홉 살 소녀라고 볼 수 없는 놀라운 속도였다. 이 뛰어난 재능의 소녀에게 모든 시선이 쏠렸다. 곧 깜짝 놀랄 일이 벌어졌다. 그녀는 자신의 팀 뉴멕시코 '듀크시의 질주자들'이 아닌 상대팀 콜로라도 팀에게 바통을 넘긴 것이다. 관중들이 먼저 알아채고 탄식을 내뱉었다. 소녀는 얼굴이 붉어지고 어찌할 바를 몰랐다. 당연히 뉴멕시코 팀은 탈락했다. 그러나 '듀크시의 질주자들' 소녀들과 코치들은 이 사건에 대해서 모두 웃었다. 이것은 그들에게 쓴 약과 같았지만 그들은 그 일로 행복했다.

이날 대회에서 또 하나의 사건이 있었다. 여덟 살의 도나 코럴리Donna Corley는 '듀크시의 질주들' 팀의 유망주였다. 그애는 하루 동안에 50미터 예선, 200미터 예선, 400미터 계주 본선, 50미터 결승을 모두 이기고, 이제 200미터 결승만을 앞두고 불만을 터뜨렸다. "코치님, 나를 죽이려는 거예요? 나 뛰지 않을 거예요."

이 철없는 어린 소녀를 어떻게 독려해야 될까, 베이커 코치는 잠깐 고민했다.

"도나, 그렇지만 저 예쁜 200미터 메달이 탐나지 않니?" 존은 감언이설로 꾀었다.

"나는 더 이상 메달이 필요 없어요. 코치님은 날 죽이고 싶은 거예요."

"이러면 어떻겠니? 내가 아이스크림이 두 개 올라간 콘을 너에게 사주면? 맛은 네가 정할 수 있단다."

베이커의 당근 전술이 효과를 발휘했다.

도나는 200미터를 30.6초로 우승했는데, 이 종목의 미국 국내 기록은 29.5초였다. 도나는 마지막 경기를 아이스크림을 위해, 아니 코치 베이커의 부탁으로 달렸다. 베이커는 이러한 저력으로 '듀크시의 질주자들' 소녀들이 장차 1976년과 1980년의 올림픽에 참가할 수 있을 거라고 믿었다. 특별히 IOC가 더블 아이스크림콘을 받기 위해 달리려는 소녀를 프로선수로 간주하지만 않는다면.

존은 선수들에게 동기부여를 하는 일이라면, 모든 것을 다 주어도 아깝지 않았다. 한 번은 그가 멋진 트로피 두 개를 가져와 보여주며 말했다.

"자, 앞으로 매주 가장 훌륭한 기록을 낸 선수에게 이 트로피 하나를 주겠다. 그리고 다른 트로피는 비록 훌륭한 기록을 내지 못했더라도 이전보다 더 나은 기록을 내고 최선을 다한 선수에게 또한 트로피를 주겠다."

어린 소녀들은 금빛으로 반짝거리는 트로피를 황홀한 눈으로 쳐다보았다. 비록 대회에서 우승할 실력을 못 갖춘 아이라 하더라도, 최선을 다하면 트로피를 탈 수 있다지 않은가.

실제로 일 주일이 지나고, 좋은 기록을 낸 아이와 최선을 다한 아이, 두 명에게 트로피가 주어졌다. 아이들은 트로피에 새겨진 자신의 이름을 신기하고 자랑스러운 듯 들여다보았다. 그러나 원래 있던 존 베이커의 이름과 날짜를 지우고 자신들의 이름을 써넣었다는 사실은 까맣게 몰랐다. 그 트로피는 존 베이커가 고등학교 때부터 하나둘씩 타서 모아둔 것이었다. 존 베이커는 모아둔 트로피가 거의 떨어질 때까지 일주일마다 새로운 트로피를 가져왔다. 나중에는 더 이상 트로피가 필요하지 않게 되었는데, 실력이 처지는 아이들은 노력하여 한

번씩 '존의 트로피'를 탔고, 실력이 좋은 선수들은 실제로 대회에 나가 진짜 트로피를 타왔기 때문이다. '듀크시의 질주자들'의 훈련은 항상 즐겁고 행복했다.

존 베이커는 〈앨버커키 저널〉과의 인터뷰에서 코치로서의 행복감을 얘기했다.

"나는 정말로 나 자신을 위해 시합했던 것보다 지금의 이 코치로서의 삶이 즐겁습니다. 나는 여기서 정말로 만족감을 느끼고 행복감을 느낍니다. '듀크시의 질주자들' 어린 선수들은 하루에 7~8킬로를 뜁니다. 어떤 아이들은 한 시간 동안 쉬지 않고 달립니다. 그들은 내가 고등학교에서 했던 것보다 더 열심히 연습을 합니다."

'듀크시의 질주자들'은 존 베이커와 뉴멕시코 주립대학 졸업생들이 코치를 맡고부터 유명해졌다. 등록 선수도 여학생 90명, 남학생 60명이 넘었다. 소녀들은 9세 이하, 10-11세, 12-13세로 연령별로 그룹이 나뉘었다. 그들은 학교에서 개인적으로 자신들의 체육 선생님인 코치들과 훈련을 하거나 가까운 공원에서 훈련을 했다. 평소에 그들은 자신들의 학교를 대표했고, 대회가 있을 때는 팀이 연합하여 '듀크시의 질주자들'이 되었다. 따라서 팀 안에서도 시합이 이루어졌다. 점차 '듀크시의 질주자들'은 실력이 향상되었고, 400미터 계주에서는 막강팀으로 떠올랐다.

1970년 5월, '듀크시의 질주자들' 10명은 로스앤젤레스에서 전국 육상대회 참가 자격을 따냈다. 9세 이하 그룹에서 400미터 계주팀은 도나 코릴리Donna Corley, 로리 다운스Lori Downs, 루이스 애덤스Lois Adams, 타나 메도우Tana Meadow였는데 공식기록은 59.18초였다. 이 연령대의 미국 최고기록 58.9에 근접한 기록이다. 타나는 이외에도 200미터와 400미터에, 도나는 최연소 나이로 오픈 200미터에 참가하게 되었다.

'듀크시의 질주자들'은 선수들뿐만 아니라, 코치와 부모들까지 한 가족처럼 끈끈한 유대감을 갖게 해주었다. 로스앤젤레스에서 원정경기가 있을 때면 부모들은 대회 출전 경비를 모으고, 8대의 차에 나누어 타고 기꺼이 13시간 동안 차를 운전해 앨버커키에서 LA까지 함

JOURNAL Sport

Saturday, July 11, 19

on Massengale
ut of Pack
t Milwaukee

WORLD RECORD SETTERS

Dodgers' Moore Believes

Yaz Paces Bosox

CLEVELAND

LA에서 열린 400미터 계주 경기에서 세계신기록을 세운 4명의 소녀들을 소개한 신문기사. 이날 아이들은 베이커 코치에게 감격을 안겨주었다.

께 갔다. 그리고 온갖 잡다한 일을 헌신적으로 뒷바라지 했다. 뉴멕시코 주는 미국의 어느 주보다도 라틴 아메리카의 영향을 많이 받은 곳이라, 베이커는 선수로부터 직접 짠 판초를 선물 받았다. 어떤 코치가 그런 선물을 선수에게 받아보겠는가? 그는 학교에서건 시합에서건 이 판초와 솜브레로를 자주 썼다.

LA에서 열린 400미터 계주 경기에서 4명의 소녀들은 다시 한번 베이커 코치에게 감격을 안겨주었다. 58.1초로 이전 기록 58.5초를 깨면서 세계 신기록을 세운 것이다. 이날 존은 아이들이 너무도 자랑스러웠다. 그날 타나 메도우는 400미터에서 2위, 200미터에서 3위를 기록했다.

이후로도 혜성처럼 나타난 신생 팀 '듀크시의 질주자들'은 많은 우승과 기록을 경신했다. 크리셸라 스펠러Chrishelle Speller가 10-11세에서 2분 36초 3으로 신기록을 세우고, 리사 길리랜드Lesa Gilliland가 9세 이하 600미터에서 1분 58초 2로 신기록을 세웠다.

'듀크시의 질주자들'은 육상 시합을 위해 다른 주의 여러 도시를 여행했다. 그들은 성실히 훈련을 했으며 존의 코치 아래 나날이 발전을 보였다. 모든 아이들이 그를 존경했으며, 학부모들 역시 존의 헌신에 대해서 진심으로 감사하는 편지를 보내주기도 했다.

> 친애하는 베이커 코치님,
>
> 현재 미국은 매우 빠르게 상황이 나빠지고 있습니다. 공무원, 정

치인들은 정말 중요한 것이 뭔지 모르고, 그들이 한 짓에 대해 사과와 변명할 뿐입니다. 최근만 그런 것 같지만 사실은 25~6년도 더 이전부터 이렇게 해오고 있습니다. 그래서 나의 많은 친구들이 베트남전쟁에서 죽고, 마약으로 죽고, 불구가 되었습니다. 이런 사실이 우리 미국을 망치게 할 수도 있다는 생각이 듭니다. 이런 일로 너무나 실망할 때마다 나는 베이커 코치 당신을 생각합니다. 이기적이지 않고, 자신의 시간과 에너지를, 심지어 자신의 봉급으로 아이들의 건강과 인격을 양성하는 데 쏟는 당신을 말입니다.

당신은 정치인들과 달리 우리의 인간성을 풍요롭게 해줍니다. 인간성을 윤택하게 할 수 있는 것은 오직 진실만이 가능케 합니다. 당신은 우리 아이들로 하여금 감정을 조절하는 법, 건강과 체력을 유지하고 향상시키는 법, 자신을 통제하는 법, 다른 사람들과의 갈등을 참는 법, 합리적인 경쟁의 가치를 배우는 법을 일깨워 주셨습니다. 건강과 팀워크는 말할 것도 없습니다.

제발, 당신의 노력이 미흡하다고 생각하지 마십시오. 나의 두 딸(진과 케이티)에 대한 당신의 노력은 그애들의 평생에 중요한 영향을 줄 것입니다.

나는 당신을 존경, 공경이 아닌 숭상합니다. 건강을 기원합니다.

—1970년 5월 7일, R. G. 크로커로부터

엄마표 유기농 당근 주스

몇 차례의 방사선치료와 화학치료 후 엑스레이상에서 암의 흔적이 사라지자, 기뻐한 것도 잠시뿐. 암세포가 다시 존 베이커의 가슴과 폐, 목에 나타났다. 목이 부어올라 딱딱해졌고 심한 두통에 시달려야 했다. 방사선치료는 곧 목의 부종을 가라앉혔다. 엑스레이상으로는 암세포가 반복적으로 생기고 없어지는 것처럼 보였다. 이것은 그가 살아 있는 동안 계속될 것이었다. 절대로 없앨 수는 없어 보였다.

방사선치료를 받는 날이면 존은 몹시 지쳐 집으로 돌아와 휴식을 취했다. 화학치료를 받을 때는 입원하고, 방사선치료를 받을 때는 통원 치료를 받았다. 화학치료를 받을 때는 항상 주말이나 휴일에 받도록 일정을 잡으려고 노력했다. 치료 후 아무리 메스껍고 힘들어도, 그는 절대로 학교에 결근하지 않았다.

베이커는 아이들이 자신을 슈퍼맨이라고 부른다는 것을 알고 있었다. 만일 그가 죽고 나서 새로운 교사가 왔을 때, 이것이 새로운 교사를 어렵게 만들 것이라고 생각했다. 그래서 탁월한 계획을 하나 마련했다. 자신이 가르친 체육시간의 매일의 활동에 관한 대략적인 프로그램을 만들기로 한 것이다. 새로 교사가 와서 커리큘럼이 바뀌었을 때 아이들에게 큰 변화를 맞게 하지 않으려는 것이었다. 새로운 코치는 "이 프로그램은 코치 베이커가 너희들을 위해서 만든 것이다"라고 얘기할 수 있고, 그래서 코치에 대한 아이들의 존경심은 자연스레 새로운 코치에게로 옮겨갈 것이다. 아마도 존을 기억하는 아이들이 졸업하기 전까지 후배들에게 연결고리 역할을 해주면 될 것이다.

학부모들은 존 베이커가 나중 일까지 세심히 준비하였던 것에 대해 진심으로 감사했다. 존 베이커를 잃게 된다면 아이들의 슬픔이 너무나 클 것이기에 부모들은 모두 그것을 걱정했다.

존은 방사선치료를 받을 때면 음식을 먹어도 몸에서 거부했다. 위장에 차 있는 가스 때문에 구토가 났다. 그나마 엄마가 만들어준 음식은 반 정도 먹을 수 있었는데, 그것도 구토 후에야 조금 더 먹을 수 있다. 소화시키기 무척 힘들었지만, 이것은 존에게 음식을 먹을 수 있는 한 방법이었다. 그래서 폴리는 항상 음식을 넉넉하게 만들어 놓았다. 존이 음식을 어느 정도 먹고 화장실에 다녀온 후 폴리는 저녁을 다시 차렸고 존은 식사를 다시 했다.

이런 불편한 상황에도 존은 유머를 잃지 않았다. 방사선치료 후 치료실을 나올 때 폴리가 존을 맞았다.

"기분이 어떠니?"

"좋아요, 어머니. 그런데 오늘 저녁도 아마 어머니의 훌륭한 음식을 토해 버리는 죄를 지을 것 같군요. 어차피 토할 거, 아주 맛없는 음식을 먼저 먹고, 토한 후에 어머니의 훌륭한 저녁을 먹으면 어떨까요?"

"그래, 그러면 되겠다. 하지만 맛없는 음식을 먹고 토하지 않으면 어떡하니? 내 훌륭한 음식을 많이 먹을 수가 없잖니?"

"네? 아 그것까지는 생각하지 못했어요. 하하."

"그래. 그러니 내가 음식을 조금 더 만들게. 항상 그랬듯이."

폴리는 많은 암 환자들이 직접적으로 암 때문이 아니라 식사하는 것이 너무 힘들어서 영양 부족으로 죽는다는 것을 알고 있었다.

"존, 나는 네가 소화시킬 수만 있다면 언제 어떤 음식이라도 만들 수 있단다."

"어머니, 주스를 만들어 마셔보면 어떨까요?"

그날 이후 폴리는 과일과 채소들을 사서 존의 입맛에 맞는지 시도해 보았다. 사과, 감자, 토마토, 양배추, 브로콜리… 야채가게에서 파는 모든 과일과 채소들이 시험 대상이 되었다. 이들 주스를 마신 후에도 존은 화장실로 달려갔고, 그 많은 배합 중에서 가장 편안하게 넘길 수 있었던 것은 '유기농 당근 주스'였다. 그리고 오렌지 열두 개와 포도 세 송이, 그리고 한 개의 레몬을 섞은 '엄마표 주스'가 그나마 소화에 도움이 되었다.

어떤 날은 폴리는 오전 내내 주스를 만들기도 했다.

그 즈음 폴리가 다니던 직장이 텍사스 달라스로 이전했지만 그녀는 직장을 잃은 것을 오히려 다행이라고 생각했다. 회사에서는 그녀를 앨버커키에 있는 판매부서로 옮길 수 있도록 배려했지만 그녀는 아들을 보살피는데 한시도 낭비하고 싶지 않았다. 하루종일 집에서 존을 돌볼 수 있게 된 것에 감사했다. 존을 위한 음식을 만드는데도 시간이 많이 들 뿐 아니라 리본 만들기, '듀크시의 질주자들' 유니폼 수선하기 같은 일을 해줌으로써 존은 중요한 일들에 집중할 수 있었다.

존의 주치의인 닥터 존슨이 학회 참석차 일본에 가 있을 때였다. 폴리는 닥터 존슨이 돌아올 때까지 존에게 아무 일이 없기만을 기도했다.

토요일에 '듀크시의 질주자들'의 주 대항 시합이 있었다. 이 대회에서 우승해야 전국대회에 나가는 중요한 시합이었다. 시합 준비물, 서류 등을 챙기던 존이 몸을 웅크리며 쓰러졌다. 이번 통증은 지금까지와는 달리 극심한 것 같았다.

"존, 안 되겠다. 응급실로 가자."

"괜찮아요! 어머니 괜찮습니다. 조금만 쉬면 돼요. 오늘 제가 꼭 시합에 가야 합니다."

폴리는 존이 시합에서 아이들을 격려하고 코치하는 것을 얼마나 원하는지 알고 있었지만, 상황은 그가 시합에 갈 수 있어 보이지가 않았다. 게다가 지금은 닥터 존슨도 없지 않은가?

병원에 가는 것을 완강히 거부하고 시합에 참가하려는 존을 설득해서 응급실로 데려갔다.

"그러면 할랜드 집으로 경유해서 가세요. 장비와 시합 관련 서류를 주고 가야 합니다."

닥터 존슨 대신 닥터 폴링스태드를 만났다. 검사 후 그는 존에게 화학치료를 받아야 한다고 했고 매우 힘든 치료라고 했다. 치료는 새로운 의사 나이트가 맡기로 했고 약품은 뉴욕에서 온다고 했다. 닥터 존슨은 일본에서 자주 존과 폴리에게 전화를 걸어 두 사람을 안심시켰고 닥터 나이트에게 세세한 지시를 했다.

존이 병원에 있는 동안 폴리도 병원에서 함께 지냈다. 존의 침대 곁에서 아들의 손을 잡은 채 밤을 지새웠다. 존은 항상 링거 바늘을 꽂고 있었는데, 갑작스레 움직이는 바람에 바늘이 종종 빠져버린 적이 있었다. 바늘을 다시 꽂는 것이 너무 고통스러워서 잠 못 드는 아들을 편안하게 해주기 위해서 밤새 손을 잡아주는 것이다. 엄마의 따뜻한 체온은 느끼며 그는 조금이라도 편안히 잠을 잘 수 있었다. 폴리에게 있어서 이런 1분, 1초의 시간들이 좋았고 소중했다. 아들을 가까이서 볼수록 정말로 아름다운 영혼을 가진 청년인 것을 느꼈다. 폴리는 그 아름다운 영혼을 오래도록 누리고 싶었다.

병원에 있는 동안에도 존은 엄청난 고통과 싸워야 했다. 상복부에 있던 큰 종양이 폐까지 전이되었다. 동료들, 학생들, 학부모들이 면회를 왔지만, 존은 자신의 고통에 대해서 일절 얘기하지 않았다. 존의 주된 대화 내용은 '그의 아이들'이었다.

존은 면회자들이 많아 주로 1인실을 이용했지만, 이번에는 갑작스레 입원하는 바람에 2인 병실을 쓰게 되었다. 존은 몹시 기분이 좋지 않아 보였다. 그것은 2인실을 써서가 아니라, 시합에 나간 자신의 아이들과 경기장에 함께 있지 못하기 때문이었다.

병실을 나누어 쓰고 있는 동료 환자는 열세 살쯤 된 흑인 소년이었다. 오토바이 사고로 한쪽 눈을 실명한 소년은 종일토록 자신을 퇴원시켜 달라고 소리지르고 신경질을 부렸다.

커튼 너머로 소년의 악쓰는 소리가 존에게까지 크게 들렸다. 라디오에서는 록큰롤이 쾅쾅 대고, 소년은 신경질적으로 욕을 하며 몸을 침대머리에 쾅쾅 부딪치며 일부러 소음을 냈다. 빨리 집으로 보내달라는 것이었다.

폴리는 이런 상황에서 아들이 인내심을 잃을까봐 걱정이 되었다. 방을 빨리 옮기거나 아니면 소년을 빨리 퇴원시키도록 간호사에게 알리려고 막 병실을 나가던 참이었다. 그때 존의 목소리가 들렸다.

"이봐, 친구. 너 아마도 집에 금방 갈 수 있을 거다. 아니면 내가 1인실로 옮길 거야. 그러면 우리는 이제 다시는 보지 못하게 돼. 어때? 커튼을 걷고 우리 얘기 좀 하는 게?"

커튼 건너편이 잠잠해졌다. 잠시 후 커튼이 젖혀지고, 한쪽 눈에 안대를 한 흑인 소년 잭이 모습을 드러냈다.

존은 잭에게 사고에 대해 물었고, 그가 평생 눈에 안대를 하고 살아야 하는 데 대해 매우 낙담하고 있다는 걸 알았다.

"이봐, 잭. 너 그거 굉장히 멋있는 거야. 할리우드 배우들 중에는 눈에 안대를 한 사람이 많아. 이스라엘의 영웅 모세 장군도 2차대전 때 연합군으로 전쟁에 나가서 한쪽 눈을 잃었지. 그리고 영국의 해군제독 넬슨도 전투에서 한쪽 눈을 잃고 또 다른 전투에서 한쪽 팔마저 잃었어도 항상 꿋꿋하게 군대를 지휘했지. 안대는 남자를 굉장히 신비하고 강렬하게 보이게 한다구. 사실 여자들은 그런 남자를 무척 좋아해. 네가 아직 어려서 몰라서 그러는 거야."

그리고는 잭이 퇴원할 때까지 함께 도미노 게임 등을 하며 소년을 격려했다. 체육 수업에 비가 올 때마다 학교 체육관에서 아이들과 하던 그대로였다.

잭이 퇴원하던 날, 소년의 어머니는 큰형님이 되어 아이 가슴 속의 분노를 누그러뜨려 준 데에 대해 폴리에게 감사했다.

이런 점 때문에 아이들은 존을 좋아했지만 그는 오히려 이렇게 얘기했다.

"아이들하고 일하는 것은 나의 큰 행복입니다. 아이들은 내가 준 것을 모두 나에게 다시 돌려줍니다."

1인실로 옮긴 후, 존은 아버지에게 라디오를 가져다 달라고 해서 병실에 음악이 흐르도록 했고, 벽에 보드를 걸어놓고 아이들이 보내온 쾌유 편지를 그곳에 붙여놓았다. 그는 병실을 활기차게 꾸미고 싶어했다. 심지어 환자복을 벗어던지고 집에서 입던 낡은 반바지들을 가져오게 해서 병실에서 입었다. 병원에서의 그는 환자가 아니라 독재자였다. 간호사들에게 농담도 건네며, 환자인 것을 거부하는 사람처럼 행동했다.

화학치료제가 뉴욕에서 도착했다. 열 번의 치료를 받아야 하는데 한 번 치료하는 데만 꼬박 6시간이 걸렸다. 닥터 나이트는 각 치료를 받고 나서 집에 갈 수 있다고 했다. 첫 번째 치료 후 폴리는 놀랐다. 집으로 돌아온 존이 수박을 잘 먹었기 때문이다. 항암 치료 후 그렇게 식사를 잘할지는 정말로 기대하지 않았었다. 그러나 2차 치료부터는 병원에서 돌아오자마자 지쳐 쓰러졌다. 3차, 4차 치료 후에는 침대에서 일어나는 것조차 힘들어했다.

"어머니 메모지를 좀 가져다주시겠어요. 많이요. 아예 박스에 담아 오세요."

존은 '듀크시의 질주자들' 팀 한명, 한명에게 짧은 편지를 썼고, 폴리는 편지들을 아이들 집으로 바로 바로 부쳤다. 열 번째 치료 후에 놀랍게도, 그는 퇴원해 집으로 돌아왔다. 닥터 나이트는 그의 정신력이 대단하다고 했다. 존은 항암치료와 통증 때문에 무척 힘들었지만, 결코 굴하지 않았다.

"어머니, 저 가을부터 학교에 다시 나갑니다. 오늘 계약서에 사인해서 교장에게 보냈어요."

존은 병실 벽에 보드를

걸어놓고

아이들이 보내온

쾌유 편지를 붙여놓았다.

"그래? 잘되었구나."

처음 존의 발병 사실을 알고도 계약을 해주었듯이, 이번에도 머서 교장은 계약 연장을 해준 것이다. 폴리는 존이 다시 1년을 재계약했다는 말이 믿어지지 않았다. 지금 상태로 보아서 그가 다시 학교로 갈 수 있어 보이지 않았기 때문이다.

폴리의 걱정에도 불구하고 존 베이커는 새학기 수업 준비에 열중했다. 사실 그는 개학 일주일 전에 먼저 학교에 가서 아이들이 다양한 운동 프로그램에 참여할 수 있도록 코트와 네트 등을 고쳤다. 재미있게 짜여진 운동 프로그램은 매일 다양하게 바뀌었기 때문에, 아이들은 언제나 체육시간을 기다렸다.

사실 그의 꿈은 최고로 잘 장비가 갖춰진 운동시설과 앨버커키에서 가장 행복한 아이들을 만드는 것이었다. 존은 친구들에게 항상 이렇게 말하곤 했다.

"난 벌써 한 가지는 달성했어! 내 아이들은 벌써 행복해. 그렇지만, 나는 그들을 정말로 좋은 프로그램에 참여시키고 싶어. 그래서 다양한 장비들이 정말 필요해."

존 베이커의 열정을 잘 아는 머서 교장은 그가 병원에 있을 때 학부모들에게 통신문을 보냈다.

부모님들께,

우리들의 코치, 존 베이커가 지금 병원에 있습니다. 아이들과 선생님들이 그를 얼마나 사랑하는지 그가 모를까봐 염려스럽습니다. 우리가 아이들에게 다양한 프로그램과 보다 나은 교육환경을 제공할 수 있다면, 베이커 코치는 무척 기뻐할 것입니다. 지금 저는 체육교육 장비 목록을 가지고 있습니다. 이것은 베이커 코치가 부임한 첫해부터 확충하려 애썼던 것입니다. 이것이 우리의 계획입니다. 코치 베이커와의 아름다운 추억을 나누어 갖고 있는 누구라도 기부를 원한다면, 우리는 이것을 그의 오랫동안 꿈이었던 체육교육 장비를 구입하는데 쓸 것입니다. 그리고 아이들이 직접 색칠하고 만든 아주 작은 액자에 그애들의 사인을 담아서 베이커 코치의 병실에 걸어놓을 것입니다.

이것은 어디까지나 자발적으로 이루어지는 것입니다. 우리는 많은 사람들로부터 기부하고 싶다는 요청을 받아왔습니다. 이에 대해 코치 베이커도 허락을 했습니다. 우리는 이것을 며칠 후부터 시작할 것입니다. 감사합니다.

—베타 머서 교장

21

아름다운 영혼을 가진 청년

힘겹게 10차에 걸친 화학치료를 끝낸 7월 어느 날, 존은 어머니에게 점심 식사를 하자고 제안했다.

"어머니, 와트 레스토랑에서 어머니 생일 파티를 합시다."

"정말이지, 너무 고맙구나."

"정오에 레스토랑으로 오세요. 저는 어디 좀 들렀다 갈게요."

먼저 레스토랑 앞에서 기다리던 폴리는 존이 스포츠카에서 내리는 것을 보았다. 존은 노란색 장미 한 다발과 예쁘게 포장된 선물을 그녀에게 내밀었다.

"어머니, 생신 축하해요."

존은 환하게 웃고 있었다. 참으로 오랜 만에 보는 아름다운 미소였다.

그 미소를 보자 가슴속이 뭉클했다. 이렇게 아름다운 청년을 왜 데려가려 하는 걸까, 생각하니 가슴이 아팠다. 존은 장난스런 표정으로 팔을 내밀었고, 폴리는 아들의 에스코트를 받으며 안으로 들어섰다.

존은 웨이트리스에게 안내를 부탁했다. "가장 문 쪽 테이블로 주세요."

폴리는 문 쪽으로 달라는 이유를 안다. 그는 음식을 소화할 수 있는 확신이 없기 때문에 최대한 문 가까이 앉아서 구토를 느낄 때 바로 밖으로 뛰쳐나가기 위해서였다. 다른 사람에 대한 배려였다.

존이 이렇듯 다른 사람에게 헌신적이듯이, 베이커 가족들 역시 그에게 헌신적이었다. 선수 시절에도 앨버커키 가까운 곳에서 시합이 열리면 항상 전가족이 참석했고, 500마일 이상 되는 곳에서 시합이 열리면 번갈아 한 명은 꼭 참석했다. 존이 코치가 되어서도 마찬가지였고, 투병중에도 변함이 없었다.

열 번의 화학치료 후 콜로라도 덴버에서 시합이 있었을 때는 동생 로버트가 큰 차를 빌려와 '듀크시의 질주자들'과 존을 데려다주고 데리고 왔다.

그동안 입원과 퇴원이 반복되었고, 그 간격이 점점 짧아졌다. 8월의 어느 날, 존이 응급실에 실려갔을 때, 이번이 어쩌면 마지막 입원이 될지도 모른다고 폴리는 생각했다. 침대 위에서 그는 통증을 참아내느라 이를 악물고 있었다. 폴리는 안타까워 쳐다볼 수가 없었다.

"못 참겠으면 벨을 울려라. 간호사가 주사를 줄 거야."

"안 돼요. 어머니."

"왜?"

"로버트가 오기로 했어요. 로버트가 오면 조금이라도 얘기를 나누고, 그때 주사를 맞도록 하겠어요."

폴리는 존이 결혼하지 않은 것이 다행이라고 생각했다. 그는 너무나도 책임감이 강한 사람이어서 병상에 있는 동안 아내와 아이들을 돌보지 못하는 것을, 또 가족을 남겨두고 먼저 죽는다는 사실을 견디지 못할 것이다. 이런 생각은 존이 그랬던 것처럼 가족들이 슬픔을 극복하는 방법이다. 항상 슬픔에 잠겨 본연의 일에 매달리지 못한다면 아마 이 슬픔은 결코 극복되지 못할 것이고 존도 그 고통을 참지 못할 것이다. 매사에 긍정적이고 포기할 줄 몰랐던 존, 그리고 그의 가족이기에 가능했다.

베이커 가족은 언제나 존을 기쁘게 할 일만을 생각했다. 가족 중에 환자가 있는 가정에서 즐거운 일이 쉽게 떠오를 리가 없었다. 폴리는 질에게 장미 몇 송이를 사오도록 해서, 존의 스파이크를 꽃병 삼아 장미를 꽂았다. 침대 옆에 놓인 '스파이크 꽃병'을 보고 존은 재미있다는 듯이 활짝 웃었다.

"어머니, 저게 뭐예요?"

"이제 이 쓸모없어진 스파이크를 다르게 사용해야겠다고 결정했단다."

존은 아이처럼 즐거워했다. 그것은 이제 존이 더 이상 달릴 수 없고, 대신 다른 방법으로 그의 길을 가야 한다는 의미이기도 했다.

존이 입원해 있는 동안, 잭과 폴리는 아들이 퇴원 후 요양할 곳을 찾아보기로 했다. 그렇게 찾아낸 파라다이스힐 컨트리클럽 멤버십을 존의 이름으로 예약했다. 훌륭한 골프 코스가 있고, 아름다운 수영장이 있어서 존이 회복하는 동안 햇빛을 받으면서 친구들을 만나기에 최적의 요양 장소였다.

퇴원 후 돌아온 집 뒷마당 테이블에서 존은 아이들에게 줄 1등, 2등, 3등, 그리고 '최선을 다한 선수', '실력이 향상된 선수' 등의 상으로 쓸 리본을 만들고 있었다.

어머니가 다가와 말했다.

"존, 네가 충분히 휴식할 수 있도록 컨트리클럽 멤버십을 끊었다."

"네?"

"골프 코스도 아주 좋고 거기서 충분히 요양을 하도록 하자."

"어머니, 아버지, 정말 감사드립니다. 그런데 저는 그곳에 갈 시간이 없어요."

"하지만 병원에서 돌아와 요양을 해야 하잖니."

"어머니, 아이들을 돌보는 것이 제게 남은 가장 중요한 일입니다."

존은 묵묵히 리본을 만들 뿐이었다. 아들은 점점 죽어가고 있고, 이 순간에도 그 시간은 점점 짧아져가고 있다. 안타까웠지만 아들의 의견을 존중해야만 했다.

"존, 그럼 엄마가 리본 만드는 것을 좀 도와줄까?"

"그러면요, 여기 빨간색 리본들을 잘라 주세요."

존은 그의 부모가 가입한 파라다이스힐 컨트리클럽에 요양을 위해서는 단 한 차례도 가지 않았다. 병원에서 나오는 순간부터 다시 그의 일 '아이들을 위한 것들'로 돌아왔다.

요양은 아니지만, 잭과 폴리는 바람도 쐬고 특별한 외식을 할 때는 존을 그곳으로 데려갔다.

그날도 존과 가족들은 파라다이스힐에서 식사를 하고 집으로 돌아오는 중이었다. 고속도로에서 갑자기 존이 운전석의 아버지를 불렀다.

"아버지, 아무래도 에스펜 초등학교로 좀 가야겠습니다. 지금 그리로 운전해 주시겠어요?"

"그러자꾸나. 그런데 이 밤중에 무슨 할 일이라도 있는 거냐?"

"운동장에 운동 장비가 좀 흐트러져 있었던 것 같아요. 혹 누가 가져가기라도 하면 어떡해요. 걱정이 돼서요."

학교 운동장에 도착하니 걱정처럼 장비들이 널려 있지는 않았다. 존 베이커에게는 그가 신임하는 '장비 관리자'가 있지 않은가?

"운동장 쪽으로 헤드라이트를 좀 켜주시겠어요?"

그는 장비들이 제자리에 잘 있는지 둘러보았다.

"아버지, 어머니. 잠깐 와보세요. 사실 보여드릴 게 있어서 모시고 왔습니다."

존은 부모님을 장비 관리실로 데리고 갔다. 그곳에는 소프트볼에 쓸 글러브며 야구 배트, 실내에서 필요한 트램블린, 어린이용 허들 등

일반 학교에서 쉽게 갖출 수 없는 비싼 새 장비들이 많이 있었다. 모두 머서 교장의 요청으로 학부모들의 기부를 받아 구입한 것들이었다. 존은 자랑스럽게 말했다.

"이 트로피들도 좀 보세요!"

한쪽 벽에는 많은 트로피들이 유리 상자 안에 넣어져 가지런히 정돈되어 있었다. 아이들이 트로피를 타올 때마다 존은 직접 유리 상자를 만들어 정리해두곤 했었다.

트로피를 바라보는 존의 얼굴은 일생에서 가장 행복해 보였다. 자신의 분신 같은 아이들이 땀흘려 훈련한 대가로 따낸 소중한 결실이었다. 그 밤은 베이커 가족이 앨버커키에서의 식사와 행복한 날로 기억되는 마지막 날이었다. 그날은 존이 이 세상에 남아 있었던 한달 전이었다.

너희 모두가 챔피언이다

다음 병원 예약 일은 10월 28일이었다. 존의 입장에서는 이틀 정도 당겨졌으면 좋았을 뻔했다.

1970년 10월 26일. 존은 닥터 존슨의 권고를 듣지 않고 진통제 없이 하루 하루를 버텼다. 진통제가 정신을 흐릿하게 만드는 것을 용납할 수 없었다. 아이들을 코치하려면 매순간마다 즉각적으로 반응해야 하는데, 진통제가 그것을 방해하기 때문이다. 그는 타고난 운동선수였으므로 진통제 없이 고통을 참아내고 있었다. 결승선을 향해 마지막 스퍼트를 올릴 때 심장이 터질 것 같은 고통을 수없이 경험한 그였다. 말기 암이 주는 고통을 승리를 얻기 위한 고통이라고 생각하고 견디는 것이다.

체육 시간에 존은 아이들을 운동장에서 자유롭게 뛰어놀게 했다.

공놀이를 하는 아이, 줄넘기를 하는 아이, 달리기를 하는 아이… 모두 자율에 맡겼다. 어지럽게 널려진 장비들을 '장비 관리자'인 빌리와 조나단이 주우러 다녔다.

오늘따라 몸 상태가 최악이다. 장기를 끊어내는 듯한 복부 통증이 왔고 땀이 줄줄 흘렀다. 그는 평소보다 몸상태가 훨씬 심각하다는 것을 느꼈다. 아이들을 빨리 교실로 돌려보내지 않으면, 아이들 앞에서 쓰러지는 불상사가 벌어질지도 몰랐다. 존은 무릎에 손을 짚고 머리를 숙인 채, "자 이제 모여라." 하고 불렀다.

그러나 목소리가 너무 작아 아이들이 듣지 못했다. 그의 호루라기는 '공식 출발 신호원' 바비가 가지고 있었는데, 그는 너무 멀리 있어 부를 수가 없었다.

베이커는 복부를 움켜잡으며 다시 작은 소리로 불렀다. "자, 자, 이제 수업 끝났다. 모여라."

두세 명의 아이가 돌아볼 뿐 아이들은 여전히 놀이에 열중하고 있었다. 존은 들고 있던 공을 땅에 내리쳤다. "안 들려? 내가 말했잖아! 이제 수업 끝이야. 모두 집합!"

평소답지 않은 존의 신경질적인 행동에 아이들은 굳어버렸다. 그 순간 존은 복부를 움켜잡으며 땅바닥에 구르고 말았다. 아이들이 달려왔다.

"선생님, 괜찮아요?"

앤서니는 머서 교장에게 알리기 위해 교장실로 뛰어들어갔다.

그날 저녁, 닥터 존슨이 왕진을 와서 응급처치로 존에게 진통제를 놓아주었다. 다음날 폴리는 존을 병원에 데려갔고 닥터 존슨은 그날 저녁 수술을 결정했다. 그러나 정작 본인은 완강히 반대했다.

"닥터 존슨, 저는 지금 입원 못 합니다!"

"뭐라고 존? 지금 수술을 하지 않겠다는 건가?"

"아닙니다. 수술 합니다. 그렇지만 지금 입원은 못 합니다. 하루만 시간을 주세요."

"무슨 소리요? 당신은 입원해야 해요. 상황이 나빠요. 당신이 지금 이렇게 대화라도 할 수 있는 것도 주사 때문이오."

"하루만… 아니 내일 아침까지만 기다려 주십시오. 저는 꼭 학교에 다시 가봐야 합니다."

폴리가 걱정스럽게 만류했다.

"존. 무슨 소리니. 너는 오늘 저녁 수술을 해야 한다."

"애들이 보는 앞에서 쓰러졌어요. 이제 아이들을 영영 못 볼지도 모르는데… 가서 어제 일을 설명해야 해요."

존의 간곡한 부탁에 존슨은 다음날 정오로 수술 날짜를 미루었다. 이런 일은 그의 의사 생활에서 처음 있는 일이었다.

"그렇지만, 존. 이미 내출혈이 있으니 최대한 조심해서 움직이고 최대한 빨리 병원으로 오도록 하게."

다음날 아침, 에스펜 초등학교 운동장에 존의 체육 수업을 듣는 학생들이 전부 모였다. 아이들은 베이커 선생님을 에워싸듯 모였다. 머서 교장이 아침 방송을 통해 모이게 한 것이다.

존의 등뒤로 샌디아 산이 당당하게 서 있다. 건조한 바람이 불어와 흙먼지를 일으켰다. 아이들은 이미 존이 무슨 말을 하려는지 알았다.

"얘들아, 이렇게 모여 줘서 정말 고맙구나. 그리고 그제 일은 정말로 미안하다. 나는 오늘 병원에 입원해야 한단다. 그렇지만, 나는 정말로 너희들에게 최고로 멋진 선생님으로 기억되고 싶어서 다시 이렇게 왔단다."

아이들은 슬픈 표정으로 고개를 떨구었다.

"먼저 한 가지 부탁이 있다. 엊그제 일은 부디 너희들 기억에서 지워주었으면 한다. 그제 운동장에서 구르던 사람, 너희에게 화를 내던 사람은 너희가 아는 코치 베이커가 아니다. 약속해 주겠지?"

아이들은 하나둘씩 훌쩍거리기 시작했다. 아이들은 이미 베이커 코치의 병을 알게 되었다. 그동안 존이 내색을 하지 않아 모르고 있던 아이들도 전날 그가 운동장에 쓰러진 것을 보고, 또 부모로부터 들어서 알게 된 것이다.

"자, 오늘이 에스펜 초등학교에서의 마지막 날이다. 나는 이제 다음주부터 '듀크시의 질주자들' 팀 코치를 할 것이다. 너희들 이것은 반드시 알아야 한다. 나는 너희들을 정말로 정말로 사랑한단다. 우리 학교는 황량한 사막 뉴멕시코 주 앨버커키 시의 그냥 보통의 초등학교다. 너희 앞에 있는 나도 그냥 평범한 학교의 보통 체육 선생님일 뿐이야."

존 베이커는 아이들을 찬찬히 둘러본 뒤 말을 이었다.

"그렇지만… 이걸 알아야 한다… 우리가 우리를 존중하고 서로 사랑하고 격려하며 우리의 일에 최선을 다한다면…" 존은 아이들과 시선을 맞추고 아이들 하나 하나를 손가락으로 짚어 가리키며 말했다. "우리는 챔피언이다. 여기 있는 우리 모두가 챔피언이다."

평소 같으면 환호했을 아이들이지만 무겁게 침묵했다. 존은 힘없이 주차장 쪽으로 발길을 돌렸다. "누구, 나를 좀 부축해줄 사람?"

아이들이 달려와 그를 에워싸고 부축했다. 아이들은 존의 손을 잡고 함께 걸어갔다. 그는 아이들의 어깨를, 머리를, 등을 어루만지며 주차장으로 걸어갔다. 그중에는 휠체어를 탄 '공식 출발 신호원' 바비도 있었다. 한손으로는 휠체어 바퀴를 굴리면서 다른 한손은 존의 옷자락을 잡고 절대로 놓지 않으려는 듯 꽉 쥐고 있었다. 존은 힘없이 웃으며 아이들과 함께 걸어갔다.

존이 수술을 받거나 입원해 있는 동안에는 '듀크시의 질주자들' 선수들끼리, 또는 학부모까지 합심하여 훈련에 더욱 매진했다. 그리고 학부모들은 늘 아이들을 염려하는 존에게 편지를 보내어 마음만이라도 함께 있도록 해주었다.

존에게,

나의 아내와 딸들은 당신이 입원해 있어서 이번 경기에 동참하지 못한 것을 매우 애석하게 생각합니다. 하지만, 우리는 당신의 영혼이 우리와 함께 했다는 것을 잘 알고 있습니다. 우리 딸 진이 시합을 마치고 맨 먼저 "베이커 코치님은 나를 자랑스럽게 생각할 거야!"라고 외쳤습니다. 둘째 케이티는 "베이커 코치님은 내가 최선을 다한 것을 알아줄 거야!"라고 했습니다. 그애들은 정말로 최선을 다했습니다.

진은 출발선에서 두 번째 레인에 있었지만, 운 좋게도 선두 주자 바로 뒤에 위치했습니다. 그애는 '듀크시의 질주자들' 팀의 셀리, 린다와 같이 반마일을 그렇게 유지했습니다. 하지만 그 페이스대로 뛰었다가는 경기를 끝내지 못할 것을 알고, 일부러 속도를 줄여서 5위로 뒤처졌습니다. 저는 그애가 페이스 조절하는 것을 보고 제 딸이 이제 정말로 선수구나 하고 생각했습니다. 그리고는 한 바퀴를 남기고 진과 앤 브레이턴의 경주가 되었습니다. 진이 한동안 앞섰지만, 앤과 콜로라도 팀 선수가 그녀를 앞질렀습니다. 200미터를 남기고 진은 지금까지 한번도 보여주지 않았던 폭발적인 체력으로 마지막 스퍼트를 올렸습니다. 진이 계속해서 속력을 내고 콜로라도 팀 선수는 진이 달려오는 소리를 듣고 거리를 유지하기 위해 최선을 다했습니다. 그러나 진은 선두를 앞지를 것이라고 확신한 것 같았습니다. 조금 더 속력을 내고 차이를 줄이더니, 진은 마지막 사력을 다해 콜로라도 팀 선수를 추월했습니다. 이것이 콜로라도 선수들의 기를 죽여, 자포자기하게 만들었으며 결승점에 도달했을 때 진은 2등과 차이가 많이 벌어져 있었습니다. 그때 우리 가족은 모두 울었답니다.

마치 전성기 때의 당신 같은 모습을 진이 보여주었습니다. 그래서 종합성적에서 진은 7위, 앤은 6위, 셀리는 1위를 했고 1위부터 7위까지 모두 자랑스런 '듀크시의 질주자들'이 차지했습니다.

9세 이하, 10-11세, 12-13세 부문 모두 '듀크시의 질주자들' 팀이 우승을 휩쓸었습니다. 로즈메리는 이번에 12-13세 그룹으로 올라가서 8위를 했습니다. 그애는 정말 최선을 다하는 모습을 보여주었고, 정말로 좋은 경기를 펼쳤습니다.

할랜드 코치는 당신이 다시 학교로 돌아올 때까지 자기네 학생들 연습시간에 에스펜 초등학교 아이들을 같이 훈련시킬 수 있다고 합니다. 만일 여의치 않으면 내가 시간을 내어서 에스펜 초등학교 육상팀 아이들 체력 훈련을 시켜보도록 하겠습니다. 오늘 오후 늦게 아이들을 루스벨트 공원으로 데려가서 뛰게 하려고 합니다. 마침 그곳에 볼일이 있어서 조금만 서두르면 가능할 것 같습니다. 진과 케이티가 현재 뛰는 걸로 봐서, 주州 대표 선발전에서 진은 5~6위, 케이티는 11~12위는 가능할 것 같습니다. 그렇지만, 우리 모두가 진정 바라는 것은 당신이 건강한 모습으로 우리에게 돌아오는 것입니다.

어제 경기가 끝난 후 우리 가족은 당신의 빠른 회복을 위해 진심으로 기도를 드렸습니다. 우리는 오늘 아침 교회에서도 같은 기도를 드렸습니다. 우리는 주님이 당신을 굽어보시고 우리의 진지한 기도에 응답하실 것으로 믿습니다.

'듀크시의 질주자들' 사진사인 저는 이번 대회에 찍은 사진을 현상하느라 너무 바빴습니다. 오늘 아이들 사진을 현상해서 잘 나온 것들이 있으면 당신에게 보내도록 하겠습니다.

—1970년, 11월 1일. 우리의 염원을 담아서 R. G. 크로커로부터

(존 베이커가 병원에 입원해 있을 때 받은 편지)

23

마지막 경주를 마치다

'듀크시의 질주자들' 훈련 장소인 루스벨트 공원은 다른 공원과 달리 높고 낮은 언덕이 적절히 배치되어 있어서 크로스컨트리를 하기에 최적의 장소였다.

존 베이커는 스테파니 아버지의 픽업트럭 화물칸에 의자를 올려놓고 솜브레로와 판초를 두른 채 스테파니를 안고 앉아 있었다. 그는 눈에 띄게 수척해져 있었다. 이제 너무 몸이 쇠약해서 운전을 할 수도, 크게 소리를 질러 아이들을 격려할 수도 없었다. 진통제를 복용한 탓에 정신도 혼미했다. 스테파니의 아버지는 그런 존을 위해 아내와 교대로 존을 연습장으로 데려왔고, 그를 위해 픽업트럭 화물칸에 의자도 준비했다. 존을 위해서라면 학부모들은 무슨 일이라도 할 준비가 되어 있었다.

트랙에서 연습하던 아이들의 중 하나가 샌도벌 코치와 무슨 말인가 주고받더니 이쪽으로 달려오는 게 보였다.

“스테파니, 지금 누가 달려오지?”

“케이티예요.”

진의 동생 케이티가 숨을 헐떡이며 존 앞으로 와서 섰다.

“베이커 코치님, 꿈이 실현되었어요!”

루스벨트 공원은 다른 공원과 달리
높고 낮은 언덕이 적절히 배치되어 있어서
크로스컨트리를 하기에 최적의 장소였다.

"무슨 소리야? 케이티?"

케이티는 숨을 고르느라 한동안 헉헉댔다. "우리가 다음달 세인트루이스에서 열리는 크로스컨트리 챔피언대회에 뉴멕시코 대표로 참석하게 되었어요!"

존은 아무말 없이 천천히 고개를 뒤로 젖혔다.

"베이커 코치님, 괜찮아요?" 존의 무릎에 앉아 있던 스테파니가 고개를 돌려 그를 향해 물었다.

존의 감은 눈에서 눈물이 흐르고 있었다.

이제 암은 복부에서 파열돼 혈액을 통해 심장까지 퍼졌다. 암세포가 심장의 판막에 퍼져 심장이 뛸 때마다 크륵크륵하는 기계음 소리가 났다. 몇 차례의 수술 후 입원과 퇴원을 반복했고, 방사선치료를 다시 시작했다. 그런 상황에서도 존은 학교에 가서 자신의 후임 체육교사를 위해 운동장 장비를 점검해 보곤 했다. 그리고 11월 28일 세인트루이스에서 열리는 전국대회에 뉴멕시코 대표로 참가하는 '듀크시의 질주자들' 팀을 위해서도 여러가지 준비 상황을 체크했다.

세인트루이스 대회를 일주일 앞둔 날 저녁, 존은 힘에 겨운 듯 소파에 비스듬히 기댄 채 어머니에게 아이들의 주소록을 건네며 부탁했다.

"어머니, 전화 다이얼을 좀 돌려주시겠어요?"

"그래, 어디에다 하려고?"

"네, 전화번호가 거기 적혀 있습니다. 처음부터 좀 돌려주세요."

"오, 굉장히 많구나. 그래 처음부터 돌려 볼게."

첫 번째는 진의 전화번호였다.

"크로커 부인, 저 베이커 코치입니다. 진과 통화할 수 있을까요?"

"그러세요. 안 그래도 진이 지금 좀 기분이 안 좋아 있어요."

전화기 너머로 울음소리가 들려왔다.

"진, 왜 그래. 무슨 일이 있었니?"

열두 살 소녀는 더 크게 울음을 터뜨렸다.

"네. 저 다리를 다시 다쳤어요. 너무나 아팠어요."

"다리 어디?"

"무릎이요."

"많이 아프니? 그리고 얼음은 대었니?"

"네, 어머니가 열찜질 해준다는 것을 얼음찜질을 해달라고 했어요."

연습하다가 다치면 얼음을 대주라고 베이커가 평소에 가르쳐준 대로 진은 지금 무릎에 얼음을 수건으로 싸서 대고 있다고 했다.

"오, 그래 잘했구나."

"저 무서워요. 저는 정말로 세인트루이스 시합에 참가하고 싶었어요. 그래서 오늘 다시 한번 달리기를 시도했는데, 루스벨트 공원에 땅이 파여져 있는 곳에서 접질리고 말았어요."

"진, 잘 들어라." 존은 크게 숨을 한번 들이쉬고 말했다. "네가 시합에 뛸 수 있든 없든, 너는 세인트루이스에 가게 될 거다. 만일 시합에 뛰지 못한다면 하나만 약속해라. 코치 할랜드를 도와서 선수들을 위해 무슨 일이든지 최선을 다해서 하겠다고."

"약속할게요. 꼭 약속해요. 무슨 일이든지 최선을 다할게요!"

"그래 그러면 됐다. 너무 무리하지 마라. 시합에 갔다 와서 보자."

"네, 베이커 코치님. 최선을 다할게요. 코치님을 위해서요."

존은 더 이상 전화를 하는 게 무리라고 생각되어 수화기를 내려놓았다.

11월 23일 월요일 아침, 존은 늦게까지 잠을 잤다. 신문을 읽고, 따뜻한 푸딩을 먹었다. 지인들이 병문안을 왔고, 그들이 돌아간 후 존은 '듀크시의 질주자들' 선수들에게 일일이 전화를 걸었다. 단지 전화를 거는 일이었지만 그에게는 사력을 다하는 것처럼 보였다. 그에게는 눕는 것도 앉는 것도 힘들었다. 심장과 폐는 이미 죽어가고 있었다.

가족들이 다 모인 그날 존은 동생 로버트에게 너무 춥다고 말했다. 말투도 날카로웠다.

"로버트, 이리 와서 날 좀 도와줘. 어머니, 너무 추워요. 뜨거운 욕탕에 눕고 싶습니다."

가족들은 존을 안아서 욕탕에 누이고 물을 따뜻하게 했다.

"아니, 너무 추워요. 더 뜨겁게 해주세요."

폴리는 물을 데워서 넣어 주었다. 너무 뜨거워서 화상을 입지 않을까 할 정도였다.

"이제 좀 괜찮은 것 같아요. 욕탕에 좀 더 있고 싶습니다."

폴리는 물이 식지 않도록 계속 뜨거운 물을 넣어주었다. 잭 베이커는 아들에게 진통제 주사를 놓아주었다.

존이 욕탕에 있을 때 여자 동창생이 찾아왔다. 이 젊은 숙녀는 오랫동안 존과 연락이 없었고 이미 결혼을 한 후라서 존이 이 정도까지 아픈 줄은 몰랐었다.

어머니가 욕탕 밖에서 물었다.

"존, 어떻게 하지? 기다리라고 할까?"

"어머니, 그녀에게 둘 중 하나를 선택하라고 하세요. 바로 지금 와서 욕탕에 있는 나를 만나든가, 아니면 내가 욕탕에서 나가서 단정히 옷을 입을 때까지 기다리라고요."

존은 그런 상황에서도 농담을 잃지 않았다.

욕탕에서 나온 후 존은 자신을 찾아온 옛친구들을 맞았다. 잠시 앉아서 힘들게 얘기를 나누는 동안에도 또다시 복부에 통증이 찾아왔다. 폴리는 곧바로 닥터 존슨에게 전화를 하고 응급차를 불렀다. 존은 복부를 움켜쥐고 거실 바닥을 구르며 비명을 질렀다. "도와줘! 도와줘!"

구급차는 5분 안에 도착했지만, 폴리는 그 순간이 너무도 길게 느껴졌다. "오, 하나님!"

구급차에 옮겨지면서 존은 희미한 의식중에도 폴리에게 속삭였다. "어머니, 앰뷸런스 라이트를 켜라고 하세요. 이웃 사람들에게 알리고 떠나고 싶습니다."

폴리는 왠지 그날이 존의 마지막 날이 될 것만 같았다. 존의 동생들과 할랜드를 병원으로 오라고 했다.

존은 응급실에서 의식을 되찾았다. 그렇지만 어쩐 일인지 눈앞이 보이지 않았다. 존은 닥터 존슨에게 얘기했다. "저는 정말로 죽는 것이 두렵지 않습니다."

그리고 자신의 손을 꼭 쥐고 있는 폴리에게 말했다.

"어머니, 이제 거의 다 온 것 같아요. 제가 너무 어머니를 힘들게 했지요?"

폴리는 목이 메어 아무 말도 못 하고 천천히 고개를 저었다.

병실로 옮겨갈 때에야 존은 희미하게 시력을 되찾았다. 입원실로 옮겨진 뒤 할랜드와 샌도벌이 달려왔다.

"이봐, 할랜드, 나 아무래도 이번 주 우리 '잔디깎기'들과 세인트루이스에 못 갈 것 같다. 그래서 말인데… 할랜드, 나의 에스펜 아이들을 잘 돌봐줄 수 있지?"

할랜드는 고개를 끄덕였다.

"특별히 테디 와이트와 진을 잘 돌봐줘. 그애들은 내 진짜 자식들 같아. 너 아니? 내가 세인트루이스에 가지 못할 것 같다고 아이들한테 말했을 때, 테디가 그 이유를 물었어. 내가 비행기 공포증이 있다고 하니까, 자기가 내 옆자리에 앉아서 손을 꼭 잡아줄 테니 걱정 말고 가자더라고."

존의 입가에 희미한 미소가 번졌다. 그가 힘겹게 말을 이었다.

"그거 돈으로 헤아릴 수 없는 거 아냐? 그 예쁜 소녀가 내 손을 꼭 잡고 여행하는 거? 그리고 진은 무릎이 아파서 뛸 수 없을지도 몰라. 하지만 꼭 데려가 주길 바라네. 내게 약속해 줘."

폴리는 두통을 호소하는 존의 이마에 젖은 수건을 올려주었다. 할랜드와 샌도벌은 젖은 수건으로 존의 이마를 닦아주기도 하고 팔을 주물러주기도 했다. 뉴멕시코 주립대 동창이자 '듀크시의 질주자들' 코치인 그들은 존의 임종을 지키고 싶었다. 그러나 다음날 오후에 '듀크시의 질주자들'은 앨버커키 공항을 떠나야 했기 때문에 준비를 위해 새벽 2시에는 돌아가야 했다.

할랜드는 발길이 떨어지지 않았다. 지금 가면 4일 후에나 돌아올 것인데, 아무래도 존의 마지막 순간이 얼마 남지 않은 것 같았다. 존의 부모는 할랜드와 샌도벌 코치에게 당부했다.

"할랜드, 샌도벌, 너희 코치들과 '듀크시의 질주자들'이 돌아오기 전에는 장례식을 치르지 않으마. 그러니 제발 돌아가서 존의 바람대로 시합준비를 해다오."

두 코치는 무거운 발길을 돌렸다.

존은 마지막 순간까지 의식이 남아 있었다. 그는 자주 시간을 물어봤으며, 몇 번의 진통제를 맞았는지, 언제가 마지막이었는지 등을 기억했다. 그는 의식이 흐릿한 와중에도 넓적한 그릇 같은 것을 찾았다. 요도에 이미 호스가 끼워져 있는데도 소변받이 할 것을 찾는 것이다.

"존, 소변 호스가 있어서 저절로 소변이 나오게 된단다. 걱정하지 않아도 돼."

존은 의식이 가물가물한 상태여서 폴리의 말을 잘 알아듣지 못한 듯했다.

"이봐요, 누구 엄마. 저는 침대를 더럽히고 싶지 않다구요."

"존, 넌 정말 하나님이 너의 영혼을 정말로 사랑하고 버리시지 않으실 것 같구나."

죽는 순간까지도 사려 깊은 이 청년은 폴리 자신의 아들인 것이다.

존의 위와 연결된 튜브에서 붉은 혈액이 흘러나왔다. 내출혈이 시작된 것이다. 폴리는 이제 얼마 남지 않았다는 것을 알았다.

폴리는 존의 입술을 얼음조각으로 적셔 주었다. 그러고 간간히 말을 걸었다. 존은 아직 대답을 하고 있다. 그리고 마른기침을 했다. 간호사는 그가 얼음조각을 삼켜 기도를 막을지도 모르니 입에 대지 않도록 폴리에게 주의를 주었다. 폴리는 아들의 손을 잡고 존의 베개에 나란히 머리를 가져갔다. 그리고 아들의 귀에 가까이 속삭였다.

"존. 우리는 너를 너무나 사랑한단다. 너는 정말로 너의 마지막 경주를 잘해왔어."

존의 숨이 점점 길어졌다.

"내 아들, 내 사랑, 내 아가야, 넌 이제 경주를 끝냈단다. 이제 쉴 수 있어. 이제 제발 편히 쉬어라… 우리는 너를 너무나도 자랑스럽게 생각한단다."

존의 얼굴에 희미한 미소가 떠오르는 듯했다. 어느 때보다도 평온하고 아름다운 모습이었다.

띠— 하는 소리와 함께 심전도 측정기에서 심장박동이 멈추었다. 1970년 11월 26일이었다.

폴리 베이커는 말을 멈추지 않았다. 자신과 가족들에게 하는 말이기도 했다.

"오늘은 정말로 감사절Thanksgiving day(추수감사절)이다. 이제 존은 정말로 휴식을 취할 수 있다. 그는 잭과 나의 작은 영웅으로 태어났지만, 그는 이제 진짜 영웅으로 죽었다."

폴리는 최대한 오랫동안 아들의 손을 잡고 있고 싶었다. 그의 체온이 남아 있는 마지막까지.

폴리 베이커의 인터뷰

대부분의 부모들은 남편 잭과 저처럼 행복하지는 않을 거예요. 우리는 존을 생각할 때마다 그가 자랑스럽습니다. 자랑스럽기도 하지만 그는 우리에게 너무나 고귀합니다. 우리는 그와 너무나도 많은 기억들이 있어요. 그는 자신이 사랑받았고 사랑받는 사람들 안에서 둘러싸여 있었던 것을 알았던 것 같아요.

우리나라의 많은 청년들이 베트남전쟁에서, 혹은 마약으로 죽어가고 있습니다. 그들의 부모들이 너무나 가엾습니다. 그들은 자식들이 어떻게 살았는지 어떻게 죽었는지를 알 수 없잖아요. 그것은 아마 평생토록 부모의 마음을 괴롭힐 것입니다.

그에 비해 저와 잭은 너무나 축복을 받았습니다. 우리는 아들 존과 함께 26년의 아름다운 삶을 살았어요. 내가 이렇게 우리의 존을 칭찬한다면 아마 주님은 천국에서 이렇게 말씀하실 겁니다. "이는 내 사랑하는 아들이며, 내가 기뻐하는 아들 존(요한)이다."

존은 주님에 대해서 깊고 변치 않은 믿음이 있었습니다. 그는 자신의 혼이 정결치 않게 될까봐 걱정하지 않았습니다. 존은 종종 말했어요. "주님은 내 안에서 사십니다. 그래서 내가 누군가가 필요할 때 나는 절대로 혼자가 아닙니다. 주님은 언제나 내가 힘든 일을 시도할 때마다 나를 강하게 만드시고 나를 격려하셨습니다."

이것이 그로 하여금 고통에서도 이겨내고 일에 매진할 수 있도록 한 것 같습니다. 그는 가장 중요하게 생각하는 그의 아이들, 그리고 함께 일하는 사람들에게 집중하면서 고통을 견뎌냈습니다.

그애가 죽기 일주일 전, 우리 가족은 저녁식사를 위해 모였습니다. 잭은 손님이 와서 거실에서 얘기하고 있었고요. 존은 그때도 몹시 아팠지만, 그날은 기분이 매우 좋았고 우리에게 할 말이 많다고 했습니다. 그는 한 시간 동안이나 쉬지 않고 나에게 얘기했습니다. 사실 내게 말할 기회도 주지 않고 계속 얘기했습니다. 저녁식사가 거의 끝나갈 무렵 그는 나에게 자신의 일을 도와주고 같이 고심해 준 데 대해서 감사하다고 말했습니다. 나의 도움이 없었으면 그는 해내지 못했을 것이라고 말이죠. 그는 내가 얼마나 대단하고 훌륭한지를 칭찬했습니다.

"어머니, 당신은 세상에서 가장 훌륭한 분이세요. 저는 어머니가 아무런 결점이 없다고 생각해요. 한가지, 저한테 말을 너무 많이 하시는 것만 빼고는요. 하하하…."

저는 그저 이렇게 대답할 수밖에 없었어요. "그럼 맞지. 누구 얘긴데."

그렇게밖에 말할 수 없었던 이유는 그가 나한테 얘기할 기회를 주지 않아서예요. 때마침 잭이 손님을 보내고 우리에게 다가왔지요. 그러자 존이 뉴멕시코 주립대 선수시절 때와 똑같이 활기차게 말했어요.

"아버지. 이리 와보세요. 엄마와 우리가 얼마나 좋은 시간을 보내고 있다고요. 자, 어서 어서 이리 와서 앉으세요. 빨리요."

고등학교 때 존이 출전한 릴레이 대회 때 내가 상대팀을 응원하러 온 다른 지역 관중들에게 외쳐대던 말이 귀에 생생하네요. "저기 저 프리 마돈나가 나의 아들 존 베이커예요!"

24

존의 아이들

세인트루이스에서 열리는 전국 육상대회에 뉴멕시코 주 대표로 참가하기 위해 '듀크시의 질주자들'과 부모들은 앨버커키 공항에 집합했다. 에스컬레이터를 타려고 막 자리를 옮기려던 그들은 놀라 벌린 입을 다물지 못했다.

공항 라운지 한쪽 벽면에 커다란 현수막이 걸려 있었고 그들을 응원하는 메시지가 적혀 있었다. '너희 모두가 챔피언이다! -코치 베이커'

벽면에는 선수 개개인의 사진과 그들의 이름, 그들을 격려하는 문구들로 화려하게 장식되어 있었다.

"이건 우리를 위한 거잖아? 우리 사진이고 응원하는 표어야!"

"와. 뭐야 이거? 누가 한 거야?"

아이들은 포스터와 사진을 살펴보다가 베이커의 이름을 발견했다.

"베이커 코치가 한 거야!"

"말도 안돼. 베이커 코치는 병원에 있잖아?"

"여기 보라고. '너희들이 챔피언이다. 코치 베이커'라고 써 있잖아."

그것은 존이 '듀크시의 질주자들' 팀의 자원봉사 사진사이자 진과 케이티의 아버지인 크로커 씨에게서 아이들 사진을 확대해달라고 부탁해서 며칠 전에 미리 꾸며놓은 것이다. 정확히 말하면 존이 했다기보다 에스펜 초등학교의 학부모 대표인 애덤스 씨가 설치하는 것을 감독했다는 말이 정확하다.

감수성 예민한 어린 소녀들에게는 코끝이 찡한 감동이었다. 하지만 병원 응급실에 있는 코치를 생각하면 기뻐해야 할지 울어야 할지 몰랐다. 그 순간, 공항 내의 방송을 통해 뉴스가 흘러나왔다.

"만자노 고등학교와 우리 뉴멕시코 주립대학 로보Lobo의 최고 육상 스타이며 에스펜 초등학교의 코치 존 베이커가 오늘 아침 7시에 사망했습니다. 이것은 뉴멕시코의 큰 슬픔입니다. 고인은 1944년…."

아이들은 일제히 울음을 터뜨렸다. 코치와 부모들은 어린 소녀들과 서로를 위로했다. 이미 존의 죽음을 예상했지만, 자신들의 멋진 스승 베이커 코치의 죽음은 감수성 예민한 어린 소녀들에게는 감당하기 힘든 일이었다. 학부모와 코치들도 눈물을 감추지 못했다. 할랜드를 포함하여 코치, 어느 학부모도 어떻게 아이들을 위로해야 할지 몰랐다.

그때 존의 동생 로버트가 공항 대기실로 들어왔다. 그는 존이 생전에 사랑하고 아끼던 아이들에게 존이 남긴 마지막 당부의 말을 전하기 위해 병원에서 달려오는 길이었다. 그렇게 하는 것이 아이들과 코치들이 더 경기에 집중할 수 있을 것이라고 믿었다. 로버트는 아이들에게 다가갔다.

"얘들아, 오늘 아침 너희들의 베이커 코치가 주님의 곁으로 가셨단다."

아이들은 고개를 떨군 채 눈물을 흘릴 뿐이었다. 부모들은 아이들을 안고 로버트의 말을 경청했다. 코치 할랜드는 최대한 감정을 추스르며 듣고 있다.

"너무 슬퍼하지 마라. 코치 베이커는 너희들에게 내색하지는 않았지만, 그동안 너무나 고통스러워했단다. 너희들에게 맑은 정신으로 코치하기 위해 진통제도 투약하지 않고 버텼단다. 그래서 우리 가족은 오늘은 정말로 감사절이라고 생각한단다. 오늘이 그가 정말로 쉴 수 있는 날이란다."

아이들의 표정은 침통했다.

"너희들 모두 베이커 코치가 너희를 얼마나 사랑했는지 알고 있지? 마지막까지 너희를 코치했던 것은 그에게도 큰 행복이었다. 너희들이 그를 믿고 따라 주었고, 너희 부모님들이 그를 존경하고 신뢰했으며, 코치들, 에스펜 학교의 학생들, 선생님들, 그리고 존의 부모, 오늘 그의 죽음 전까지 그를 돌본 담당의사 닥터 존슨, 모두의 헌신이 그를 행복하게 한 것이다."

로버트는 잠시 아이들의 울음소리가 잦아들 때까지 기다렸다가 말을 이었다.

"오늘 너희들은 꿈에도 그리던 전국대회에 출전한다. 이것은 존이 생전에 이루지 못했던 전국대회 출전의 꿈을 너희들이 이루는 것이란다. 너희들 코치 베이커도 기뻐할 것이다. 모두들 세인트루이스에서 포기하지 말고 최선을 다해주어 마지막으로 존을 위해서 달려주기를 바란다."

아이들은 고개를 끄덕였다. 아이들은 코치 베이커가 자신들과 함께 달릴 것이라는 것을 잘 알고 있었다. 일등은 한 명밖에 없다. 하지만 자신들이 최선을 다한다면 베이커 코치는 일등과 마찬가지로 중요하게 생각할 것이다.

"최선을 다해서 마지막으로 코치 베이커를 위해 달려주길 바란다."

존의 마지막 당부를 마음에 새기며 '듀크시의 질주자들'은 비행기에 올랐다.

세인트루이스로 향하는 비행기 안에서, 진은 좌석에서 일어나 연신 무릎 스트레칭을 했다. 무릎 부상으로 이번 시합을 포기하고 실망해 있는 그애에게 베이커 코치는 할랜드 코치를 도와 스태프로서 참가토록 격려해주었다. 오늘 아침 베이커 코치의 부음을 떠올리며 진은 또다시 눈시울이 뜨거워졌다. "나는 시합을 포기하지 않을 거야. 시작 총성이 울렸으면 어떤 것도 날 멈추게 할 수 없어. 그 어떤 것도."

그녀들은 자신들을 위해서 뛰지 않을 것이다. 자신들의 코치 베이커를 위해서 경기를 할 것이다. 존 베이커가 자신의 코치 해켓을 위해 경기를 했듯이….

"코치 베이커를 위하여!"

1970년 11월 28일, 세인트루이스의 포레스토 파크. 미국 아마추어 선수연맹 개최 여자 크로스컨트리 챔피언 대회가 열리고 있었다.

차가운 영하의 날씨 탓에 '듀크시의 질주자들'은 장갑과 귀마개까지 하고 트랙에 나섰다. 1년에 한두 차례밖에 눈이 오지 않는 앨버커키의 기후와는 딴판인 세인트루이스의 추운 날씨에 아이들은 적응하기 어려웠다.

오후 12시, 곧 있을 12-13세 그룹의 1.5마일 경기를 준비하며 선수들이 출발선에 정렬했다. 뉴멕시코 주 대표 '듀크시의 질주자들' 팀의 셸리 발더스톤, 린다 스테커, 룻 앤 벤바디즈, 앤 브레이턴, 세릴 뉴톤, 린다 야운트, 캐리 길리랜드, 그리고 진 크로커도 있었다. 진은 무릎이 완전히 낫지 않았지만 존 베이커의 허락으로 참가할 수 있었다.

할랜드 코치는 다시 한번 만류했다. "진, 너는 앞으로 계속 달리기를 할 거지? 그러니 이 경기에 꼭 참가하지 않아도 돼. 너는 스태프로서 나를 도와주면 돼."

"맞아요, 저는 앞으로 달리기를 할 거예요. 그렇지만 이번엔 꼭 달리고 싶어요. 나도 코치 베이커를 위해 달리고 싶어요."

"그래, 허락하마! 대신 무리하지 말고 완주를 목표로 해라. 무릎 부상이 심해지면 다시는 달릴 수 없을지도 몰라."

"네, 걸어서라도 들어오겠어요." 할랜드는 진의 어깨를 꽉 잡아주어 격려하고, 셸리에게로 다가갔다. 셸리는 12-13세 그룹에서 가장 빠른 기록을 가진 선수지만, 달릴 때 페이스 조절이 불안하다는 단점을 가지고 있었다. 셸리는 긴장해 있었다.

"셸리, 너는 이제 막 이 그룹으로 올라왔지? 아마 네가 여기서 가장 어릴 거야. 하지만 나는 네가 충분한 잠재력이 있다고 믿는다. 단지 너는 페이스를 조절해야 할 필요가 있다. 만일 네가 처음부터 빨리 달린다면 좋은 성적을 거둘 수 없단다."

"하지만 어떻게 페이스를 조절해야 할지 잘 모르겠어요."

"린다가 너보다 경험이 많으니 일단은 린다와 함께 달려라. 린다가 나가라고 하면 너는 바로 앞 주자들만 보고 달려라. 한 사람을 제치면 다음엔 그 앞 주자를 제치고… 그게 너의 특기지?"

"알았어요. 린다와 같이 뛰다가 린다가 신호하면 로켓처럼 달릴게요."

할랜드는 경험이 많은 린다에게 셀리와 같이 뛰다가 막판 스퍼트할 시점을 그녀에게 알려주도록 당부했다. 크로스컨트리 경기는 개인 기록도 중요하지만, 팀 전체에게 점수를 주는 팀 스포츠이기도 했다. 크로스컨트리는 팀을 위해 달려야 하는 경기이다.

출발 신호가 울렸다. 100여 명이 넘는 각 주의 대표 선수들이 달려나갔다. 이 그룹의 최강팀은 캘리포니아의 '리알토의 주자들'이다. 예상대로 리알토 팀이 빠른 속도로 앞서나갔다. 특히 데비 존슨은 처음부터 선두로 치고 나갔다. 셀리는 린다와 보조를 맞춰 달렸다. 1마일을 지나자 린다가 셀리에게 신호했다.

"됐어, 셀리! 지금 치고 나가. 넌 할 수 있어. 달려!" 셀리는 스퍼트를 내기 시작했다. 린다 역시 그 뒤를 따라 속도를 냈다. 린다의 페이스 조절은 적중했다. 셀리는 아직 파워가 남아 있었고, 린다를 믿고 한 사람씩 추월하기 시작했다. 관중들은 갑자기 스퍼트를 내는 셀리를 보며 환호했다. 셀리는 한 명을 추월하고 또 다시 한 명을 추월했다. 그녀는 마치 100미터 경기를 하듯이 달렸다. 린다는 셀리의 보조를 맞춰주느라 자신의 페이스보다 빨리 뛰었기 때문에 다른 주자들을 제치기는 힘들었다. 그래서 완주하기로 맘을 먹고 달렸다.

이미 셀리는 10명을 제쳤고 오늘의 스타 플레이어가 되어 있었다. 관중들은 흥분했고 그녀를 응원하기 시작했다. 셀리는 마치 그녀의 코치 존 베이커가 그랬던 것처럼 사력을 다해 마지막 스퍼트를 내기 시작했다. 그녀의 앞에서 주자들이 하나씩 줄어들었다. 9명, 8명, 7

명, 6명, 5명, 4명, 3명, 2명… 이제 마지막 한 명이 남았다. 캘리포니아 리알토의 데비 존슨이다. 셀리는 결승점을 향해 로켓처럼 내달렸다. 무서운 속도였다. 그러나 간발의 차를 좁히지 못하고 리알토의 데비 존슨이 먼저 결승선을 통과했다. 기록은 8분 9초였다. 그녀보다 한 살 어린 '듀크시의 질주자들'의 열두 살짜리 셀리는 마지막 800미터를 남기고 무려 20명을 추월해서 데비 존슨보다 불과 1초 늦은 8분 10초를 기록했다. 셀리는 약속대로 최선을 다했다.

아직 부상으로 무릎이 다 낫지 않았던 존 베이커의 특별한 아이,

10-11세 그룹 경기에서, 스테파니는 영하의 추운 날씨에

한쪽 신발이 벗겨진 채 결승점을 통과했다.

진 크로커는 부상 투혼으로 개인 55위를 차지했다.

12-13세 그룹에서 리알토 팀은 총 33점으로 우승했고, 캘리포니아 롱비치 팀이 68점으로 2위, 앨버커키의 '듀크시의 질주자들'이 78점으로 전국 3위를 차지했다. 이제 다음 연령 그룹에서 좋은 실력을 기대하는 수밖에 없었다.

10-11세 그룹에는 총 125명이 출전했다. 시합은 출발부터 치열했다. 스타트라인에서 선수들은 서로의 경계를 넘어 몸싸움을 벌였다. 출발 소리와 함께 '듀크시의 질주자들'의 에이미 루세로, 크리셀 스펠러, 스테파니 멕데이드, 쉐릴 산체스 네 명이 달려나갔다. 그러나 출발하자마자 다른 팀 선수들이 거칠게 밀치는 바람에 넘어졌다. 에이미는 가시덤불에 넘어져 등과 다리에 가시가 박혔지만, 등의 가시를 뽑아줄 수 없어 경기 내내 고통과 싸우면서 달려야 했다. 스테파니는 넘어지면서 신발이 벗겨져 버렸으나 125명이 다 지나가는 동안에도 찾을 수 없었다. 그것 때문에 지체할 수도 없어 스테파니는 한쪽 신발로 뛰었다. 영하의 추운 겨울날 결승점을 통과하는 스테파니의 한쪽 발은 맨발이었다. 스타트에서 속력을 내지 못한 불리한 상황에서도 이 네 소녀의 투혼으로 '듀크시의 질주자들'은 종합 2위에 올랐다. 이날 출발점에서 보여준 다른 선수들의 거친 매너에 대해 심사위원들이 경고를 주었다.

이제 9세 이하 그룹 경기만 남았다. 9세 이하 팀은 '듀크시의 질주자' 중에서도 존 베이커가 가장 아끼던 팀이었다. 이들 팀은 이미 LA 대회때 400미터 계주에서 세계신기록을 세운 최강팀이었다.

"자, 날씨가 무척 춥구나. 우리 숙녀 모두들 오늘을 위해서 열심히 훈련했지?" 할랜드는 시합 전에 아이들을 불러모았다. "너희들은 이제 더 이상 베이커 코치가 아이스크림을 사줄 수 없다는 것을 잘 알지? 하지만, 너희들이 이제 코치 베이커를 위해서, 그가 너희들에게 아이스크림을 선물해 주었듯이 그를 위해 우승컵을 선물해 주도록 최선을 다해주길 바란다."

존 베이커가 그토록 자랑스러워했던 9세 이하 그룹 어린 소녀들은 2위 롱비치 팀을 23대 68이라는 큰 점수차로 따돌리고 우승을 했다.

시합이 모두 끝나고, 오후 2시에 시상식이 열렸다. 부상을 입은 선수들이 앉아 있었고, 진은 맨 앞줄에 무릎에 붕대를 감고 서 있었다. 시상식이 진행되었고 장내 아나운서가 우승팀을 호명했다.

"오늘의 종합우승은, 뉴멕시코 주 대표 '듀크시의 질주자들' 입니다!"

각 주 대표로 참가한 선수, 스태프, 관중들의 박수와 환호를 받으며 할랜드가 단상으로 올라갔다. 대회장으로부터 트로피를 받아들고 할랜드는 선수들을 바라보았다. 그러나 40여 명의 '듀크시의 질주자들' 아이들, 코치와 학부모들은 모두들 침울했다. 울음을 터뜨리는 아이도 있었다. 이틀 전 최고의 코치를 잃은 슬픔이 경기하는 동안 억눌려 있다가 비로소 터져나온 듯했다.

9세 이하 선수들

10-11세 선수들

12-13세 선수들

다른 주에서 온 선수들과 스태프는 의아했다. 작은 시에서 온, 창단된 지 2년밖에 되지 않은 팀이 전국대회 우승을 한 것도 기적 같은 일인데, 기뻐하는 모습이 아니라니.

할랜드는 종합 우승 트로피를 받고 '듀크시의 질주자들'을 향해 돌아 하늘 높이 트로피를 들어올렸다. 소녀들은 약속이나 한 듯이 다 같이 소리쳤다.

"코치 베이커를 위하여!"

26

존 베이커 초등학교로 학교명을 바꾸다

존 베이커의 장례식이 앨버커키 중앙감리교회에서 거행되었다. 1500명의 조문객 중 절반 이상이 '존의 아이들'이었다. '듀크시의 질주자들'은 존 베이커가 생전에 '잔디깎기'라고 부르던 녹색 유니폼 차림으로 맨 앞에 정렬했다. 그들의 손에는 세인트루이스에서 열린 크로스컨트리 전국대회에서 타온 우승컵이 들려 있었다.

존 베이커는 그가 훈련 코스로 즐겨찾던 샌디아 산의 추모공원에 묻혔다. 훗날 8년 뒤인 1978년 추수감사절 무렵, 폴리 베이커는 샌디아 추모공원에 있던 존의 묘를 천국의 문Gate of Heaven 공원묘지로 옮겨, 많은 사람들이 그의 묘지를 찾을 수 있도록 했다.

에스펜 초등학교 아이들은 곳곳에서 베이커 선생님의 흔적들을 만날 수 있었다. 잘 정돈된 체육 장비며, 직접 만들어준 리본이며, 홍미

존 베이커가 처음 묻혔던 샌디아 추모공원

로운 수업을 위한 프로그램들에서 그를 추억했다.

아이들은 에스펜 초등학교라는 이름 대신 존 베이커 초등학교라고 부르기 시작했다. 누가 먼저랄 것도 없었다. 처음엔 아이들이 부르더니 다음엔 교사들이, 학부모들이 그렇게 불렀고, 나중엔 앨버커키 주민 전체가 에스펜 초등학교를 존 베이커 초등학교라고 불렀다. 처음에는 한두 명이었지만, 그것은 마치 산불처럼 순식간에 퍼져, 아예 학교 이름을 존 베이커 초등학교로 개명하자는 의견으로 발전했다. 에스펜 초등학교는 신생학교였기 때문에 학교명을 바꾸는 것도 가능성이 있었다.

주민들의 요청에 의해 앨버커키 교육위원회는 에스펜 초등학교를 존 베이커 초등학교로 개명하는 안건에 대해 위원들의 투표를 실시했다. 그리고 에스펜 초등학교 전교생의 학부모가 투표를 해서 찬성이 85%가 넘으면 개명하는 것을 허락하겠다고 통보했다.

그리고 치러진 투표 결과에 대해 학생들, 학부모 모두 놀랐다. 전교생 학부모 520명 중, 단 한 표의 기권도 없이, 단 한 표의 반대도 없이 100% 찬성으로 '존 베이커 초등학교'로의 개명을 찬성했다. 이로써 존의 아이들은 진정으로 '존 베이커의 아이들'이 되었다.

그로부터 두 달 후인 1971년 5월 16일, 존 베이커 초등학교로의

훗날 폴리 베이커는 샌디아 추모공원에 있던 존의 묘를
'천국의 문' 공원묘지로 옮겨 많은 사람들이 찾을 수 있도록 했다.

개명식이 열렸다. '듀크시의 질주자들'이 주관하고 폴리 베이커와 잭 베이커, 닥터 존슨 등과 많은 학생과 학부모가 참석했다. 개명식에서 학부모와 학생들은 존 베이커를 추억하는 글을 남겼다.

존 베이커는 아주 잘 달리는 사람이었습니다. 그는 다른 사람들과 그의 달리기 경험을 나누고 싶어 했습니다. 그는 '듀크시의 질주자들' 육상팀을 만들었고, 에스펜 초등학교에서 가르쳤습니다. 그는 아이들에게 달리는 것에 대해 용기를 북돋아 주었습니다. 그의 영혼은 그의 이름으로 바뀐 학교 존 베이커 스쿨에 아직까지 살아 있습니다.

—3학년 데본

존 베이커는 정말 친절한 사람이었습니다. 그는 언제나 저와 아이들에게 말했어요. "네가 잘할 수 있을 거라고 생각한다." 그는 추수감사절에 죽었죠. 추수감사절은 이전에는 정말로 즐거운 날이었지만, 그가 죽은 추수감사절은 정말로 저에게는 슬픈 날이었습니다.

—3학년 크리스티아 에릭슨

존 베이커는 정말 좋은 사람이었습니다. 그는 우리에게 무엇을 해야 하는지 알았어요. 그는 정말로 우리들에게 화를 내지 않았습니다. 그는 어떻게 달려야 하는지, 또 경기장에서는 우리를 응원해 주었어요. 심지어 그가 너무 아파서 머리가 하나도 없었는데도 말이죠.

—3학년 필립

존은 언제나 우리들의 문제를 잘 들어주었고, 우리 문제를 자신의 문제처럼 생각하고 해결해 주었어요. 그는 정말 대단한 사람이었습니다.

—3학년 샤론 러브

전교생 학부모 520명 중, 단 한 표의 기권도 없이,

단 한 표의 반대도 없이 100% 찬성으로

'존 베이커 초등학교'로의 개명을 찬성했다.

코치 베이커는 우리에게 많은 것을 가르쳐 주었어요. 그는 어렸을 때도 매우 착했다고 신문기사에서 읽었습니다. 그는 육상 선수로 자랐고, 그는 우리 학교에서 가르쳤어요. 그런데 매우 슬픈 일이 있었습니다. 추수감사절 아침에 그는 죽었죠. 추수감사절 연휴가 끝나고 학교에 와보니 모든 사람이 슬퍼했어요. 저는 너무나 슬펐습니다. 그 이유는 우리가 그를 더 이상 볼 수 없었기 때문이죠. 우리는 학교 이름을 그의 이름으로 바꿨어요. 저는 이것을 매우 잘한 일이라고 생각합니다.

—3학년 존 앨비스

존 베이커 초등학교에 있는 '존 베이커 체육관'

존은 나의 첫 번째 코치였습니다. 저는 이것만으로도 그가 좋아요. 만일 모든 사람들이 코치 베이커를 좋아한다면, 그런 사람을 사랑한다면 우리 세상은 더 살기 좋은 곳이 될 거예요. 그는 정말 친절했고 어린 아이들을 누구보다도 잘 이해해 주었습니다. 그는 우리 학교 모든 남자, 여자아이들을 좋아했고, 우리도 그를 좋아했습니다.

—3학년 지나 윌슨

존 베이커는 우리를 매우 잘 가르친 코치였어요. 그는 많은 게임과 그 규칙을 가르쳤고 다른 학교 아이들이 모르는 것을 우리는 알 수 있었어요. 우리가 원하는 것을 언제나 해주려고 했어요. 그는 우리를 항상 자신의 아이라고 생각했다고 합니다. 그래서 이제는 우리가 그가 원하는 것을 해줘야 한다고 생각해요.

—3학년 로라 오츠

코치 베이커는 어떻게 달리는지를 가르쳐 줬습니다. 그리고 스포츠에서 페어플레이 정신도 가르쳐 줬어요. 그뿐 아니라 우리에게 어떻게 좋은 친구, 동료가 되는지도 가르쳐 줬습니다.

—톰 그리썸 2세

코치 베이커는 나에게 부모님처럼 소중한 사람입니다. 나는 모든 사람들이 그를 사랑했을 거라고 믿습니다. 그가 죽은 것은 너무나 슬픕니다. 특별히 그날이 추수감사절이었다는 것은 더욱 더 나를 슬프게 합니다. 그에 관한 두 신문기사를 봤는데 그것은 진실한 기사입니다. 제가 증명할 수 있어요. 그 중 하나 "존 베이커 그는 절대로 미소를 잃지 않았다"라는 기사를 보고 저는 그만 울어버렸습니다. 그는 정말로 한 번도 미소를 보이지 않은 적이 없어요. 그는 좋은 선생님이었고 동시에 훌륭한 코치였습니다. 비가 오는 날에는 그는 우리를 카페테리아로 데리고 갔습니다. 그리고 비가 너무 많이 오면 직접 우리 교실로 왔습니다. 그는 우리와 함께 많은 게임을 했는데

존 베이커 초등학교에는

그를 추억하는 사진과 트로피 등이 전시되어 있다.

그 중 하나인 '두루미와 까마귀'는 정말로 재미있었습니다. 그리고 매주 금요일 체육시간은 우리에게 자유롭게 놀게 하였습니다. 코치 베이커의 후임 코치는 베이커 코치와 같은 그런 미소를 가질 수가 없었습니다. 아니 아무도 그와 같은 미소와 친절한 목소리를 가질 수 없다고 생각합니다. 나는 우리 학교가 그의 이름으로 학교 이름을 바꾸는 것이 너무나 기쁩니다. 만일 앨버커키에서 새로 생기는 학교가 존 베이커의 이름을 갖는다면 이렇게 기쁘지도 않고 저도 나중에 가보고 싶지 않을 것 같습니다. 나는 자라면서 앞으로 그의 웃음을 기억할 것입니다. 그의 친절한 목소리도 영원히 기억할 것입니다. 그 누구도 존 베이커 코치를 싫어할 사람은 없을 겁니다. 나의 마음 한곳을 그를 위해 비워두고 싶습니다. 비록 그는 죽었지만, 나의 마음 한곳에 그는 영원할 것입니다.

—3학년 칼린 틴델

아이들 인생에 영향을 준 최고의 사람

존 베이커가 죽고 나서 폴리 베이커와 잭 베이커는 수천 통의 편지들을 받았다. 편지의 대부분은 생전의 그를 좋아하던 사람들이거나, 혹은 잡지나 기사, 다큐멘터리 영화를 통해 존의 이야기를 보고 감동을 받은 사람들에게서 보내온 것들이었다. 폴리 베이커는 아들이 죽은 뒤에도 그의 아름다운 영혼이 많은 사람들에게 영감을 불러일으키고 있다는 사실에 기뻐하고 또 감사했다.

베이커 부인,

이 편지는 정말 쓰기가 어렵습니다. 너무나 슬픈 감정에 어떠한 말도 표현하기가 힘듭니다. 하지만 내가 존의 장례식에 참석하지 못하기 때문에 지금 이 순간 당신에게 나의 깊은 슬픔을 이렇게라도 표현하기를 원합니다.

존이 '듀크시의 질주자들'을 코치했던 짧은 8개월 동안, 그는 우리의 삶에 큰 영향을 주었습니다. 그를 만날 수 있었던 것은 다른 사람들이 느껴보지 못한 특권이라고 생각합니다. 진과 케이티는 그를 너무나 사랑했고 즐거움과 공경의 대상으로 기억할 것입니다. 가장 중요한 것은 그는 남자로서 선함과 강한 품성을 보여주었고, 이 어린 소녀들이 그것을 보고 이해했다는 것이 매우 중요합니다. 우리의 현세대에서는 계속해서 잃어가는 것이죠.

최근 몇 주 동안 저는 존과 긴 대화를 나누었습니다. 나는 그 순간이 너무나 즐거웠습니다. 나는 이런 대화가 그의 체력을 뺏을까봐 염려스러웠지만, 그는 그렇지 않다고 했습니다. 나는 그와의 대화를 자주 생각합니다. 주 대항 시합 바로 후에 그가 나를 불러서 "크로커 씨, 나는 세인트루이스에서 진의 아버지 역할을 한다면 너무나 행복할 것입니다"라고 얘기했을 때 그가 누구보다도 우리 아이들을 잘 보살펴 줄 것이라고 믿었습니다.

—진과 케이티의 아버지, R.G. 크로커

베이커 씨 가족에게,

일요일자 신문에서 존의 부음 소식을 봤을 때 나는 당신들에게 내가 만난 존에 관해 얘기하고 싶었습니다. 저는 처음 볼 때부터 그를 사랑했었다고 생각합니다. 저는 후버-에스펜 학교에서 교직원 아침 티타임 회의를 진행했습니다. 나는 에스펜 초등학교에서 아이들을 가르쳤고 지금은 후버 중고등학교에서 아이들을 가르치고 있습니다. 존의 미소와 그의 다정 다감한 품성은 나를 매혹시켰습니다.

처음 만났을 때 그는 마치 소심하고 말 못하는 사람 같았습니다. 하지만 그는 바로 극복하고 모두에게 좋은 친구가 되었습니다. 모두들 그에게 친절했습니다. 나는 그에 대해 칭찬하는 말 외에는 들어본 적이 없습니다. 내 자신은요? 저는 존이 내 아들이었으면 하는 생각을 했었습니다. 그는 나를 본 처음부터 줄곧 나를 괴롭혔습니다. 언제나 나의 디저트를 조금씩 가져가서 마침내는 일부러 나는 존 것까지 디저트를 두 개를 준비해야 했습니다. 내가 그를 지나쳐서 걸어갈 때마다 그는 유쾌한 얼굴로 말했답니다. "오, 여기 내 여자친구가 오는군. 우리 관계는 계속 이어지고 있어요. 단지 그녀가 그걸 모를 뿐이죠." (오해하지 마세요. 저는 결혼했고 58세이고 제 딸은 이미 결혼했지요.)

존은 자기 사진을 나한테 주었는데 저는 아직도 그 사진을 지갑 속에 소중히 간직하고 있습니다. 우리 학교의 아이들도 나처럼 그를 좋아했어요. 그가 암 투병중일 때, 우리 모두 그가 아픈 것을 알았습니다. 그렇지만, 그는 결코 동정심을 유발할 어떠한 제스처도 취하지 않았습니다. 어떤 도움도 필요하지 않았죠. 한번은 그가 우리 반 아이의 도움이 필요하다고 나에게 말했었는데, 그것이 유일하게 그가 내게 부탁한 일이었습니다.

작년, 내가 후버 중고등학교에 있는 동안 나는 그를 자주 보지 못했습니다. 나는 그가 그리웠고 그는 내 마음 깊숙한 곳에 있었다고 생각해요. 나는 에스펜 초등학교 교직원들에게 항상 존의 소식을 물었습니다. 그의 병세가 점점 나빠지기 시작했을 때, 나는 존이 마음에 걸렸습니다. 그에게 가서 진심으로 그를 위로하고 싶었습니다. 하지만 언제나 우리 앞에서 멋지고, 솔선수범하며, 어려운 일을 자처하는 슈퍼맨인 그가 부끄러워할 것이라 생각해, 일부러 찾아가지 않았습니다.

지금 그가 너무 그립고 내 자신에게 얘기를 합니다. "왜 이런 일이 그에게 일어나야 합니까?"

—1970년 11월 29일, 루이스 웹

잭 베이커 씨, 폴리 베이커 씨,

우리 아들 커트는 베이커 코치에게 슬픈 작별 인사를 하고 앨버커키에서 막 돌아왔습니다. 우리는 베이커 코치가 커트에게 어떤 존재인지를 잘 알고 있습니다. 그 때문에 커트는 존의 장례식에 꼭 가야 했었습니다.

1968년 커트가 후버중학교 7학년(중학교 2학년) 때 코치 베이커를 알게 되었습니다. 커트는 학교에서 돌아오면 "베이커 코치가 이걸

하라고 했어. 베이커 코치가 저렇게 하라고 했어"라고 말하곤 했답니다. 나는 어느 날 얘기했죠. "얘야, 너희 학교에 가서 코치 베이커를 한번 봐야 할 것 같다." 그러곤 진짜로 그렇게 했죠. 그런데 세상에…! 누구도 코치 베이커처럼 훌륭한 사람은 없을 겁니다. 커트는 베이커 코치의 에스펜 초등학교와 '듀크시의 질주자들'의 스태프가 되었고, 2년 동안 1분, 1분이 그애에게는 행복한 나날이었습니다. 아이들은 베이커 코치를 인간적으로 좋아할 뿐만 아니라 선생님으로서 존경했습니다. 그는 언제나 코치 베이커로서 아이들 앞에 있었습니다.

오늘날 우리 부모들은 아이들을 지도하는 데 있어서 많은 문제에 부닥칩니다. 부모들은 아이들의 일생에 긍정적인 영향을 줄 그런 사람들을 정말로 환영하죠. 그런 면에서 봤을 때 코치 베이커는 커트의 인생에 영향을 준 최고의 사람이었습니다.

한번은 베이커 코치가 커트와 그애 여자 친구와의 첫 번째 데이트를 위해 차편을 제공해주었습니다. 그리고 또 체육수업을 듣는 소녀들의 농촌 체험학습에 부모들이 데리고 가야 했는데 존은 커트와 소녀를 자기가 집으로 데려다 주겠다고 했고, 당연히 그것은 너무나 좋았습니다. 엄마들은 갈 필요도 없었지요.

'듀크시의 질주자들' 팀이 원정 경기를 위해 덴버에 왔던 5월에 존을 봤습니다. 커트는 크리던스(유명한 락그룹, '수지큐' 등을 노래했다) 공연 티켓을 가지고 있었는데, 이것은 그애가 처음 구경하는 락 콘

서트였습니다. 아시다시피 우리 앨버커키에서는 그런 공연을 보기 힘들죠. 커트가 그 공연을 얼마나 고대했는지 모릅니다. 하지만 공연이 있던 날, 베이커 코치가 커트를 만나기 위해 전화를 했을 때 그 애는 조금도 주저하지 않았습니다. 커트는 그날 코치 베이커와 시간을 보냈습니다. 베이커 코치가 커트를 집으로 데려왔을 때는 자정이 다 되었는데 그는 매우 피곤해 보였습니다. 그는 몇 분 동안 의자에 앉아 있다가 커트와 외식을 하러 나갔습니다. 나는 그들을 위해서 음식을 만들어 주고 싶었지만, 그들은 나가고 싶어 했습니다. 아이들이 베이커 코치와 함께 있는 것을 좋아하는 것만큼, 그 역시 아이들과 같이 있는 것을 좋아하는 것 같았습니다.

그리고 이번 여름에 우리는 앨버커키에 있었습니다. 우리의 둘째 아들 킴이 사고가 나서죠. 베이커 코치는 킴을 만나기 위해서 우리가 묵고 있는 숙소로 왔습니다. 그는 정말로 좋은 사람입니다. 베이커 코치가 덴버로 왔던 10월, 커트는 그와 하루를 같이 보냈는데 그것이 그들에게는 같이 시간을 보낸 마지막 날이었습니다.

스포츠에 관심 있는 아이들뿐만 아니라 다른 아이들도 그를 위대하다고 생각했습니다. 나의 이웃 중에 체육을 싫어하고 학교에서 말썽을 부리는 4학년 케니라는 아이가 있는데, 케니 역시 베이커 코치를 존경했습니다. 그는 모든 아이들에게 다가가는 능력이 있었습니다.

나는 우리 아이들이 당신의 아들처럼 자라준다면 너무나 행복할 것입니다. 커트와 우리의 가슴속에 그는 항상 남아 있을 것입니다.

베이커 코치는 커트에게 있어서 가장 존경하는 인물로서 의심의 여지가 없습니다.

그가 아이들 앞에서 아픈 것을 내색하지 않은 것은 정말로 놀랍습니다. 작년에 나는 커트에게 가끔 "코치 베이커는 어떠니?"라고 건강이 걱정스러워 물어보면, 대답은 "그는 건강이 정말 좋아. 그는 하루에 일 마일씩 뛴다고." 이런 식이었습니다. 사실 커트는 7월이 되기 전까지 베이커 코치가 암을 앓고 있다는 것도 몰랐습니다. 베이커 코치가 죽을 것을 알고 난 뒤, 커트는 많이 울었지요. 우리는 커트에게 미리 얘기를 해줬어야 했다고 생각했지만, 베이커 코치는 아이들에게 알리지 않기를 원했을 거라고 생각했습니다.

우리는 커트가 베이커 코치를 알았던 것을 정말로 감사하게 생각합니다. 그를 만남으로 해서 커트가 더 나은 사람이 되었다고 우리는 느낍니다.

—1970년 12월 3일, 콜로라도에서 맥레이큰

친애하는 폴리 베이커,

내가 어떻게 당신의 아들 존을 알게 되었는지에 관해 말씀드리겠습니다. 1979년 크리스마스때, 나의 부모님께서 비디오 플레이어를 사셨습니다. 나는 그것을 사용해 보고 싶어서 미칠 지경이었죠. 이

틀 후 우리 가족은 영화 '샤이닝 시즌A shining season'을 보게 되었습니다. 용감한 한 젊은이가 암에 걸려서 죽는 내용이었습니다. 며칠 후 나는 그 영화를 한 번 더 보기로 했습니다. 가족들과 볼 때는 영화에 집중을 못했기 때문이었죠. 영화는 존 베이커의 가치있는 삶을 다룬 내용이었습니다. 많은 사람들이 99살까지 살지만 존이 그 짧은 26년 동안 보여주었던 것보다 사람을 감동시키지 못합니다.

그날 이후 나는 그 감동이 지금까지 잊혀지지가 않습니다. 하지만 나는 존에 관해서 충분히 알지 못했기 때문에, 일년 동안 나는 그에 관한 자료가 있는지 찾아보았습니다. 뉴욕에 있는 친구를 방문했을 때 운 좋게도 거기서 그에 관한 잡지를 발견했습니다. 그해 봄, 나는 친구를 만나러 영국을 여행할 계획이었습니다. 그 무렵 뉴멕시코 앨버커키에서 상이군인 집회가 열린다는 것을 알게 되었습니다. 나는 휠체어를 사용하는 사람들이라면 아마도 그곳에서 쉽게 받아줄 것이라고 생각했습니다. 그래서 저는 영국 여행 계획을 바꾸어 앨버커키로 향하게 되었습니다.

아, 먼저 저에 대해 말씀을 드려야겠군요. 저는 롱아일랜드에서 자랐습니다. 저는 태어날 때 척추피열 장애를 갖고 태어났습니다. 그렇지만 저는 매우 활동적이고, 독립적인 운동선수입니다. 시카고에서 여자 농구선수로 활동했었고 앨버커키에서 휠체어 테니스팀 선수입니다.

마침내 1980년 7월 17일, 저는 앨버커키에 정확히 2시에 도착했습니다. 그때 저는 이곳이 마치 제 고향처럼 느껴졌습니다. 일주일이 정말로 빨리 지나갔습니다. 하지만, 저는 존이 있었던 곳들을 많이 둘러볼 수 있었습니다. 그리고 존이 왜 이곳을 사랑했는지 알 것 같았습니다. 저는 집으로 돌아오고도, 마음속에서 앨버커키를 지울 수가 없었습니다. 저는 제가 앨버커키로 돌아갈 것임을 알았습니다.

저는 6개월 정도 생활비를 저축했고, 1981년 10월 27일, 차에 짐을 실었습니다. 중서부에 폭설이 오기 전에 뉴멕시코로 떠날 준비를 한 것이죠. 3일 밤낮으로 운전하여 오후 12시에 저는 드디어 앨버커키에 도착했습니다. 이틀 후 저는 아파트를 얻었고 취직도 할 수 있었습니다. 게다가 기막히게 멋진 사람, 밥 플래허티를 만났습니다. 그 역시 뉴욕 퀸스에서 온 사람인데, 1983년 3월 22일 척추피열 모임에서 만났습니다. 우리는 같은 장애를 가진 활동적인 운동선수들이었습니다. 우리는 사랑에 빠졌고 1983년 10월 29일 앨버커키의 중앙연합감리교회에서 결혼했습니다. 저는 이제 37세, 밥은 50세이고 우리는 저의 첫 번째이자 그의 여섯 번째 아이를 기다리고 있습니다. 이제 임신한지 3개월하고 보름 되었습니다.

존의 용기와 그의 영혼에 의해 영감을 받지 못했다면 아마 저는 지금 이곳 앨버커키에 있지 않을 것입니다. 지금의 이 삶은 제가 언제나 꿈꿔왔던 것이지요. 존의 믿음 '무엇이든 절대 포기하지 말라'는 저에게 아름다운 삶을 찾아 홀로 앨버커키에 오기 위해 미국을 횡단하는 매순간마다 저를 격려했습니다. 저는 존 베이커에게 저의 모든 것을 빛졌습니다. 저의 한 가지 소망은, 이 훌륭한 청년이 세상에게 어떤 영감을 주었는지 모든 사람들이 알았으면 하는 것입니다. 제가 존에게 해줄 수 있는 것은, 만일 제가 임신한 아이가 아들이라면, 그 어떤 이름보다도 우리 아이의 이름으로 존 린 베이커 플래허티보다 더 좋은 이름이 없을 거라고 생각했습니다.

—1985년 9월 4일, 미세스 로버트 플래허티

28

어머니의 이름으로

폴리 베이커는 아들을 떠나보낸 후에도 존이 생전에 보였던 열정을 계속 이어받았다. 수천 통의 편지에 일일이 답장을 보내주었고, 존 베이커에 관한 잡지 기사와 다큐멘터리 방송 제작에 필요한 자료들을 정리해서 보내주었다. 존 베이커 이야기는 텔레비전 다큐멘터리로 만들어졌고, 폴리는 다큐 영화 상영에 스테파니와 함께 초대되어 미국 전역과 캐나다를 여행했다. 그녀는 자신의 사랑하는 아들 존 베이커가 많은 사람들에게 아름다운 청년으로 기억되기를 바랐다. 그리고 존의 이야기가 많은 아이들에게 긍정적인 영향을 줄 것이라고 믿었다.

"존은 아이들이 작은 문제를 의논해오면, 세상에서 가장 중요한 문제로 다루었습니다. 존은 훌륭한 운동선수보다는 아이들에게 '도움'

을 주고 '격려' 하는 것에 관심이 많았습니다. '운동장 정리 최고 책임자', '최고 장비 관리자'와 같은 리본들은 사실 선수로서 뛸 수 없는 아이들을 위한 스태프 자리였습니다. 저는 그런 리본들은 거의 매일 만들었지요. 어떤 이름으로 스태프를 더 넣을 수 있을까도 궁리했습니다. 존은 '듀크시의 질주자들' 옆에 앉아만 있던 스테파니에게 공식 유니폼을 주었습니다. 그는 에스펜 초등학교에서 낙오자로 여겨지던 아이들에게 자긍심을 갖게 하고 격려했습니다."

아들을 떠나보낸 후, 폴리는 존의 방을 정리하다가 그의 운동화와 트레이닝 셔츠를 보았다. 그순간 그녀는 달리기를 하고 싶다는 강한 열망을 느꼈다. 아들 존이 달릴 때의 느낌을 자신도 함께 공감하고 싶었다. 그때부터 폴리는 직접 달리기에 참여하게 되었고, 1977년 미국 시니어 올림픽에서 성화를 봉송하고 400미터와 1600미터 경기를 완주했다.

1980년 그녀는 다시 한번 뉴멕시코 시니어 올림픽에서 성화 봉송 주자로 달렸다. 그녀는 56세의 나이로 100미터, 200미터, 400미터, 800미터와 존의 주종목인 1마일(1600미터) 달리기에서 4개의 금메달과 1개의 은메달을 획득했다. 게다가 매일 아침마다 6~7킬로씩 달렸다. 그녀의 기록은 아마도 미국의 99%의 여대생들보다 더 잘 달릴 수 있는 기록이었다.

뿐만 아니라 폴리 베이커는 뉴멕시코 장애인 올림픽 사무국에서 매니저로 일했는데, 그녀에게 매우 의미있는 일이었다. 그녀는 이 일에 대해 소명감을 갖고 있었다.

"장애인 올림픽은 정신지체 아이들이나 어른들을 위한 신체 활동을 돕기 위한 것으로 생전의 존의 삶과 연장선상에 있다고 저는 믿습니다. 존은 죽기 수개월 전 정말로 몸 상태가 좋지 않았습니다. 그런데 말이죠. 그는 자신이 말기 암을 가진 것을 알았을 때도, 자신이 처한 상황보다 장애를 가진 아이나 그것을 극복할 수 없는 아이들에게로 시선을 돌렸습니다. 그가 암을 선고 받은 지 1년 후, 죽기 6개월 전 정신지체 아이들의 신체 활동을 돕는 일을 의뢰받았는데 이것을 위해 그는 뉴멕시코 주립대학교 특수교육의 야간 강의를 등록했습니다. 제 생각에 존은 그 당시 극도로 쇠약해져서 강의를 듣는 것은 불가능했을 것입니다."

폴리 베이커는 1981년 2월 23일 뉴멕시코 장애인 올림픽에서 봉사하는 일이 존이 생전에 이루지 못한 꿈을 펼치는 일이라고 굳게 믿었다. 폴리는 그 일을 하면서 너무나 행복해 했다. 그녀는 종종 주위 사람에게나 인터뷰에서 말하곤 했다.

"존이 아이들의 잠재력을 믿고 그 잠재력을 끌어내기 위해 격려했던 것을 저 역시 계속할 것입니다. 그것은 존의 삶을 이어가는 것이며, 내가 아직까지도 존의 팀원이라는 것을 보여주는 일입니다."

존 베이커 사후, 그를 기념하는 많은 것들이 생겨났다. 그중 존 베이커 장학금은 스포츠 특기생들에게 주어지는 장학금으로, 뉴멕시코 주립대에서 가장 큰 금액이다.

그리고 뉴멕시코 주립대는 그동안 미식축구장에서 경기와 훈련을 했던 육상팀을 위해 전용 트랙 경기장을 만들기로 하고, 그 안에 존 베이커 기념관을 세우기로 했다. 학교측은 존 베이커 기념관은 그를 추억하는 많은 개인들의 성금을 모아 세우는 것이 존을 기리는 의미 있는 방법이라고 여겼다. 그래서 폴리에게 트랙 경기장 안에 선수들의 휴식, 준비운동을 할 수 있는 워밍업 라운지 건립 기금의 모금활동을 부탁했다. 폴리는 그때 이미 뇌암을 앓고 있었지만, 이 활동이 그녀의 마지막 활동임을 알게 되고 기꺼이 승낙했다. 그녀는 수많은 편지를 써서 모금활동을 했다.

ALBUQUERQUE JOURNAL Tuesday, July 30, 1985 C3

Polly Baker Gets Present Of a Lifetime

By Bob Julyan
JOURNAL CORRESPONDENT

Polly Baker on Monday got the best birthday present of her 63-year life.

The gift was the formal dedication of the John Baker Memorial Warm-Up Lounge at UNM's new track. John Baker, Polly's son, was a UNM track star whose courageous battle with cancer was made famous by the book "The Shining Season" and the movie by the same name.

Since John's death in 1970, Polly has devoted much of her own life to preserving her son's memory and carrying on his interest in running and children.

When Polly learned in January that she, too, has terminal cancer, she set as one of her final goals the completion of the warm-up facility honoring her son.

"I would personally like to see the Memorial Lounge done immediately," she said several months ago, "because I want to see it while I'm still here."

Monday, her birthday, she said, "I'm just so elated. You can't know how happy I am."

However, her husband, Jack, knows. "This day is the actual climax of her life," he said after the dedication ceremony. "This is the most important day of her life."

The warm-up building is next to UNM's new track, completed last spring. But unlike the track, the warm-up facility had to be built entirely through private contributions.

The total cost of the project was estimated at $42,000, and this seemed difficult to attain until the Borden Corp. this month held a fund-raising ice-cream feast that netted $29,000.

According to UNM head track coach Del Hessel, the warm-up facility is the only one of its kind in the nation. He describes it as "a place of warmth, comfort and concentration."

Hessel also hopes the lounge will remind his athletes of John Baker. "Every coach would like to see his team display the awesome courage John displayed during his combat with cancer."

At the dedication were members of the Duke City Dashers, the track club for youths that John Baker founded in 1967.

David Sanchez, president of the Dashers said: "It's going to help the club to live on and on because it embodies what we want to instill in each and every athlete that comes through the program."

Also present at the dedication was John Haaland, John Baker's friend and fellow runner and coach. Of the facility he said, "It's something that John deserves.

"John was a kind of humble guy. He wouldn't be clamoring for this — but I'm sure it's appreciated."

Polly Baker stands before the John Baker Memorial Lounge, which was dedicated Monday.

존 베이커 기념관이 준공된 날은

폴리 베이커 생애의 최고의 날이었다.

폴리 베이커는 암 투병중에도 1985년 5킬로, 10킬로, 하프 마라톤을 완주한 뒤, 한 인터뷰에서 말했다.

"아마도 존은 나와 같은 유전자를 가졌나 봐요. 1월에 나는 암을 판정받았습니다. 나는 존과는 다른 뇌암입니다. 존의 고통이 훨씬 더 심했죠. 하지만, 저는 존의 기분을 이해할 수 있을 것 같아요. 존은 죽기 일주일 전까지 통증에 대해서 일절 얘기하지 않았어요. 그의 고통은 신체적인 고통이 아니라 그의 아이들에게서 떠나는 것이었습니다. 그는 닥쳐올 죽음에 대해서 얘기하지 않았어요. 그는 언제나 미래, 그가 앞으로 할 일들에 대해 얘기했습니다. 제 소망은 첫째로 존을 널리 알리는 것, 뉴멕시코 주립대학교 트랙 경기장에 존 베이커 기념관을 세우는 모금활동을 하는 것, 존에 관한 기록들을 모아 뉴멕시코 주립대학교 도서관에 기증하는 것, 뉴멕시코 장애인 올림픽 일을 하는 것, 특히 마지막 것은 존이 내게 준, 내가 할 수 있는 마지막 일 같습니다."

1985년 7월, 62세 생일에 폴리 베이커는 가장 귀한 선물을 받았다. 뉴멕시코 주립대학교 트랙경기장 안에 존 베이커 기념관이 완공되어 존 베이커의 이름으로 헌정된 것이다. 1970년 존이 죽은 이후부터 폴리는 남은 생애를 존의 아름다운 정신을 알리는데 바쳤다. 잭 베이커는 그런 폴리를 이렇게 회상했다. "폴리는 1월에 말기 암 선고를 받고 그녀의 마지막을 존 베이커 기념관에 쏟기로 결정했습니다. 이것은 마치 존이 샌디아 정상에서의 일과 같습니다. 폴리는 그녀가 살아 있는 동안 이 기념관이 완공되었으면 좋겠다고 누누이 말했습니다. 완공된 날 아침에 폴리는 저에게 이렇게 얘기했죠. '저는 오늘 너무나도 들떠 있어요. 내가 얼마나 기쁜지 당신 정말 모를 거예요' 라고 말입니다."

기념관이 준공된 날은 폴리 생애의 최고 날이었다. 뉴멕시코 주립대학 트랙 바로 옆에 있는 기념관 건립에 들어간 4만 2천 달러는 순전히 개인들의 기부에 의해서 만들어진 것이어서 더 의미가 있었다.

헌정식에서 뉴멕시코 주립대학 육상 총감독 델 헤슬이 말했다.

"이런 워밍업 라운지는 미국 내를 통틀어 하나밖에 없습니다. 이곳

뉴멕시코 주립대학 도서관.

저자가 존 베이커의 자료들을 찾은 곳이다.

은 경기 전에 선수들을 편안하게 하고 집중할 수 있게 해줍니다. 이곳에서 훈련하고 경기하는 코치, 감독은 운동선수들이 이 라운지를 통해 존 베이커를 다시 한번 기억하기를 바랍니다. 모든 코치가 존이 암과 싸운 그 용기를 팀을 통해 보여주기를 바랍니다."

이날 할랜드는 감격스럽게 존을 회상했다.

"이것은 존이 받을 만한 상입니다. 존은 겸손한 사람이었습니다. 그는 이것을 갖고 하늘에서 자랑하지 않을 것입니다. 그는 감사하게 겸허히 받을 것입니다."

뉴멕시코 주립대학 육상 경기장 안의

존 베이커 기념관 표지판

폴리는 이날만큼은 기쁨의 눈물을 감추지 않았다. 그녀는 존의 이름을 딴 기념관을 둘러보며 지난날을 돌이켜보았다. 그녀는 아이들을 기를 때 항상 직장에 다녔지만, 아이들 학교의 학부모회에 한 번도 빠진 적이 없었고 회장이나 부회장직들을 맡았다. 가정에서는 엄마로서, 학교의 밴드 연습, 교회의 성가 연습, 아이들과 야구 연습, 포크댄스, 음악 수업 등을 언제나 아이들과 함께 했었다. 존이 앨버커키에서 800킬로미터 이내의 도시인 덴버, 피닉스, 러벅 같은 곳에서 경기할 때는 언제나 참석해 응원을 했다. 어머니로서 오히려 아들 존의 삶을 이어받았던 '누구 엄마' 폴리는 뇌암으로 1985년 7월 9일 사망했다. 암을 판정받은 지 7개월 만이고, 존 베이커 기념관이 아들의 이름으로 헌정된 지 며칠 뒤였다.

조용한 후원자, 베타 머서 교장

존 베이커는 사망 후에도 주위 사람들의 아낌없는 후원을 받았다. 그중에서도 에스펜 초등학교 시절의 베타 머서 교장은 늘 뒤에서 지켜보던 조용한 후원자 중 하나였다. 그녀는 존 베이커 사망 이후 그를 스포츠 명예의 전당에 입회시키기 위해 백방으로 노력했다. 존 베이커가 명예의 전당에 오를 수 있도록 수년에 걸쳐서 편지를 썼다.

머서 교장은 앨버커키 공립학교 위원회 위원장에게 편지를 보냈다.

> 1977년 앨버커키 명예의 전당에 우리는 존 베이커를 추천합니다. 명예의 전당에는 지금까지 9명이 선정되어 스포츠 현장에 이름을 날리는 것으로 알고 있습니다. 우리는 우리가 추천하는 존 베이커가 모든 선정 기준에 합당하다고 믿습니다.

존 베이커는 잭과 폴리 베이커의 첫째아들로, 1970년 추수감사절 날 26세의 나이에 암으로 사망했습니다. 1960년도부터 앨버커키에 살았던 주민이라면 그를 뛰어난 스타 육상 선수로서 잘 기억할 것입니다. 그는 고등학교 2학년 때부터 가을에는 크로스컨트리 선수로서 봄에는 1마일 선수로서 뛰었습니다. 1962년에 만자노 고등학교를 졸업하고 뉴멕시코 주립대학교에 우수 운동선수 장학생으로 선발되었습니다. 뉴멕시코 주립대에서 4년 동안 트랙과 크로스컨트리 선수로서 로보의 유니폼을 입었습니다. 대학선수생활 동안 그는 서부운동선수연맹의 크로스컨트리 1마일 시합에서 두 번이나 우승했습니다. 1967년 대학교를 졸업하고 그는 후버-에스펜 학교에서 체육선생님과 코치로서 계약을 맺었습니다. 후에 그는 '듀크시의 질주자들'의 코치가 되었습니다.(당시는 소녀들뿐이었지만 지금은 소년들도 참가합니다.)

그는 코치 능력과 아이들의 교육에서 매우 특별한 사람이었고 우리 사회 젊은이들에게 정말로 긍정적 영향을 끼친 사람이었습니다. 우리들 모두가 지금까지 했던 것보다 이 26세의 젊은이는 더 많은 것을 이루었습니다. 그는 말기 암 선고를 받은 후에도, 죽기 한달 전까지 아이들을 가르쳤고, 죽기 4일 전까지 그의 아이들과 함께했습니다.

몇 가지 놀랍고 감동적인 사건들은 존 베이커의 죽음 이후에도 그의 삶이 여전히 우리에게 계속 남아 있음을 보여줍니다.

(1) 그가 가르친 학교명이 에스펜 학교에서 존 베이커 초등학교로 바뀌었습니다.

(2) 뉴멕시코 주립대학교에 존 베이커 장학금이 생겼는데, 이 학교 역사상 가장 많은 액수의 장학금으로 운동선수 개인에게 지급됩니다.

(3) 매년 앨버커키 주최 육상 경기가 열리는데, 1마일 경기는 '존 베이커 기념 마일'로 이름 붙여졌습니다.

(4) 1975년 8월판 〈리더스 다이제스트〉에 '존 베이커의 마지막 경기'라는 제목으로 그의 이야기가 실렸는데, 독자들의 요청에 의해 많은 재판을 발행하게 되었습니다. 〈리더스 다이제스트〉 60년 출판사상 최고의 판매부수를 기록하게 되었습니다.

(5) 브리암영 대학교에서는 '존 베이커의 마지막 경기'라는 교육영화를 제작해 8학년에서 대학까지 교재로 사용하고 있습니다. 이 영화는 앨버커키에서 1976년 여름에 찍었는데 '듀크시의 질주자들' 선수들이 특별출연을 했습니다. 1976년 11월 9일 앨버커키에서 먼저 상영된 후 대중에게 개봉될 것입니다.

(6) 미국에서 가장 큰 교과서 출판사인 휴튼 미플린 사는 〈리더스 다이제스트〉의 게재 허락을 받아 존 베이커 이야기를 8학년 교과서에 실을 예정입니다.

(7) 이 서한에 덧붙여 우리는 한편의 에세이를 첨부할 것입니다. 이 에세이는 존 베이커가 생전에 가장 아꼈던 '듀크시의 질주자들'

의 한명인 진 크로커에 의해 쓰였습니다. 그녀는 존에 관한 에세이로 캐빈 혼 콘테스트에서 3위를 차지했고, 뉴멕시코 주립대에서 2년 동안 장학금을 받았습니다.

(8) 존 베이커가 어떤 사람이었는지, 그가 어떻게 살았는지 어떻게 용기있게 죽었는지는 그가 대학교 1학년 때 지은 시에 이미 표현되었습니다. 이것은 그가 암을 선고받기 6년 전입니다. 그가 남긴 유일한 시 '죽음에 관한 경주'는 많은 면에서 특별합니다.

우리가 언급했던 많은 사실로 인해 당신들이 존 베이커를 1977년 앨버커키 명예의 전당으로 인도하길 바랍니다. 감사합니다.

베타 머서의 각고의 노력의 결실로 3년 후인 1980년 4월, 존 베이커는 앨버커키 명예의 전당에 입회되었다. 입회 기념식에서 스테파니 킬이 존을 기념하는 에세이를 낭독했다.

스포츠맨십과 우정을 가르쳐준 사람

존 베이커는 코치일 뿐만 아니라 저의 가장 좋은 친구였습니다. 제가 세 살 반 때 제 언니 로리는 존을 위해서 달렸습니다. 나는 언니와 함께 훈련하는 곳에 가곤 했습니다. 하루는 존이 저에게 달리고 싶냐고 물어보더군요. 그래서 저는 "네" 하고 말했습니다. 하지만 저는 오른쪽 다리에 골수염이 있었기 때문에 달릴 수 없을 거라고 생각했습니다. 존은 저의 담당 의사에게 문의를 했고 의사는 아마도 다리의 혈액순환을 증가시킬 수 있기 때문에 달리는 것이 제게 좋을 것이라고 했답니다.

처음에는 멀리 또 빨리 달릴 수가 없었습니다. 그것은 저에게 너무 고통스러웠습니다. 하지만, 존이 저에게 괴물 얼굴을 만들어서 고통이 멀리 도망가 버리는 방법을 가르쳐 주었습니다. 그의 격려와 저에 대한 사랑은 저로 하여금 더 빨리, 더 멀리 달리게 했습니다. 그는 저에게 어떤 것이든 시작을 했으면 절대로 포기하지 말고 꼭 끝을 내야 한다는 것을 가르쳤습니다. 그래서 저는 한 번도 시합을 도중에 포기한 적이 없었습니다. 그뿐 아니라 그는 저에게 모든

John Baker Dies: His Story Lives

존과 스테파니의 인연을 소개한 신문기사

스포츠 기술을 가르쳐 주었습니다. 스포츠맨십과 우정을 가르쳐 주었고, 제가 만일 시합에서 패배하더라도 그것을 어떻게 감당해야 하는지를 가르쳐 주었습니다. 그는 제가 어떤 일을 하더라도 저를 격려해 주었습니다. 제가 경기에서 이길 수 없다는 것을 알더라도 어떻게 경기에 임하는지를 알게 해 주었습니다. 나는 시합을 뛸 때마다 이전보다 나아지는 것에 집중하게 되었습니다. 하지만 무엇보다도 나는 경기를 즐기는 것이 가장 중요한 것임을 깨달았습니다.

이것이 바로 그가 모든 아이들에게 보여주었던 그의 코치 방법입니다. 그는 아이들을 이해했고 그들을 사랑했습니다. 그는 한번도 우리에게 소리지른 적이 없었습니다. 항상 친절하게 얘기했고 어떻게 발전하는지를 보여주었습니다. 우리 모두는 그를 사랑했습니다. 그의 격려를 통해서 나는 내 자신을 신뢰할 수 있게 되었고, 이전보다 더 잘 달리는 주자가 되었습니다.

나는 아직까지 달리고 있는 마지막 '존의 아이'입니다. 이제 10년 넘게 달리고 있습니다. 만일 그를 만나지 못했다면 저는 아직까지 골수염 때문에 휠체어를 타야 했을 것입니다. 불행하게도 골수염은 몸속에 항상 있습니다. 하지만 운동으로 병이 진전되는 것을 억제할 수 있습니다.

저는 존 베이커 코치가 명예의 전당에 들어가는 것을 큰 영광이라고 생각합니다. 그를 이야기하는 것 자체도 제겐 큰 영광입니다.

—1980년 4월 10일, 앨버커키 19번째 명예의 전당 존 베이커 입회 기념식에서,

스테파니 킬(당시 12세)

30

'듀크시의 질주자들' 해체와 비운의 선수

존의 영향을 받은 '듀크시의 질주자들'은 미국 내에서 명성을 날리는 강팀이 되었다. 존이 죽은 이듬해 다시 한번 전국 크로스컨트리 대회에서 우승했고, 그후로도 많은 우승과 신기록이 쏟아져나왔다. 40여 차례 국내대회에서 개인과 팀 우승, 여덟 번의 국제경기에서 우승을 차지했다.

클럽 규모도 점점 커졌다. 1971년, 존의 영향을 받은 뉴멕시코 주 아이들이 대거 육상클럽에 가입해서 인구 100만 명밖에 되지 않던 뉴멕시코 주가 전국 육상 아마추어 클럽 중 세 번째로 많은 선수를 보유하게 되었다.

그렇지만 '듀크시의 질주자들'은 시간이 지날수록 '최선을 다하자'는 초기 정신이 점차 퇴색해지고 여느 팀처럼 우승을 목표로하는

팀으로 변해갔다. 창단 16주년을 맞아 1983년 3월 13일자 〈앨버커키 저널〉에는 회장 데이브 산체스의 인터뷰 기사가 실렸다.

"최근 '듀크시의 질주자'들이 강조해 왔던 것은 우승 그 자체였습니다. 하지만 우리 클럽이 창단될 때의 철학은 '최선을 다하자. 그리고 모든 아이들이 클럽에 가입하는 것을 환영한다'였습니다. 심지어 장애가 있거나 운동선수로서의 기량이 떨어져도 말입니다. 이것은 고故 존 베이커가 가장 강조했던 클럽의 모토였습니다. 하지만 존 베이커가 죽고 난 후 클럽은 40명에서 수백 명으로 크게 성장했고, 전국적인 명성 때문에 많은 아이들이 지원을 했습니다. 그래서 아이들을 뽑을 때 운동선수로서의 능력을 가장 중요하게 생각하게 되었고, 테스트를 거쳐야 했기 때문에 들어오지 못하는 아이들도 생겼습니다. 이제 저희는 창단 당시의 존 베이커의 철학으로 돌아갈 것입니다. 올 시즌은 원정여행을 줄이고, 운동선수들에게 승리에 대한 압박감을 줄일 것입니다. 그리고 소년, 소녀로 구분하지 않고 한 팀으로 같이 훈련을 할 것입니다. 그렇게 해서 존 베이커의 정신을 이어갈 것입니다."

이후 '듀크시의 질주자' 클럽은 규모가 커지면서 팀을 이끌어가는 리더십이 부족했다. 이미 토니 샌도벌이나 존 할랜드 같은 초기 코치들도 그만두고 없었다. 존 베이커가 있을 때는 학부모들의 열성으로 운영되던 운영위원회도 점차 시들해지면서 1985년 결국 해체되고 말았다. 이로써 존 베이커의 땀과 영혼이 배어 있던 '듀크시의 질주자'들은 드라마틱한 역사와 70년대의 가장 강력했던 육상팀으로서의 명성을 접고 18년 만에 해체되고 말았다.

'듀크시의 질주자들'은 많은 선수들을 배출했는데, 그중 하나가 생전의 존 베이커가 주목한 앤 길리랜드Ann Gilliland였다. 존은 그녀가 올림픽에 출전하는 가장 뛰어난 여성 운동선수가 될 것이라고 예상했었다. 그녀는 존이 죽고 이틀 후 열린 세인트루이스 대회 10-11세 부문에서 24위를 기록했다. 그러나 날로 기량이 향상되어 1978년 앨버커키에서 열린 미 전국 여자육상 오종경기(높이뛰기, 멀리뛰기, 200미터 달리기, 10미터 달리기, 투포환)에서 18세의 앤이 우승을 차지하며 뉴멕시코에서 가장 우수한 여성 선수가 되었다. 존의 예견대로 올림픽 대표 선수로 한 발짝 다가간 것이다.

앤이 5종 경기에 우승하던 해, 뉴멕시코 주립대 코치가 된 예전의 '듀크시의 질주자들' 코치 토니 샌도벌은 앤을 스카우트하려 노력했지만, 앤은 육상팀 위주로 프로그램이 잘 짜인 아이오와 주립대를 선택했다. 아이오와 주립대 코치는 앤을 처음 보는 순간 이미 그녀가 미국에서 최고의 육상5종 선수라는 것을 직감했다고 한다. 코치 마이크 미틀스테드는 이렇게 그녀를 기억했다.

"그녀는 제가 코치한 선수 중에서 가장 강한 여성 선수였습니다. 어느 비오는 날 그녀는 자세를 익히기 위해서 연습을 하기로 작정했습니다. 저를 비롯해 모든 선수, 스태프가 비가 오니 실내에 있으라고 했지요. 하지만 누구도 그녀를 막을 수가 없었습니다. 그녀는 비가 오는 것과 상관없이 연습하고 훈련했습니다. 그녀는 매우 조용한 성격이었고 스타 선수로서의 외향적인 면은 전혀 없었습니다."

최선을 다하는 자세는 '듀크시의 질주자들' 시절부터 앤의 몸에 배어 있었다. 그녀는 1984년 LA 올림픽을 준비하기 위해서 1년 동안 대학 생활을 쉬고 훈련에만 집중하려 했다. 하지만 발목부상으로 잠시 휴식을 취하러 고향 앨버커키로 왔다. 앨버커키에서 그녀는 가족과 함께 호수에서 캠핑을 즐겼다. 수상스키를 타며 천천히 균형을 잡는 것이 발목부상에 도움을 줄 것이라고 생각했다. 그런데 예상치 못한 사고가 일어났다.

1978년 7월 28일, 토요일인 그날, 앤은 여동생 리사와 리사의 남자 친구와 수상스키를 타러 갔다. 조금씩 빗방울이 떨어지기 시작했다. 보트 위에 앉아 있던 리사는 물 위에 있던 언니에게 비가 오니 이제 그만 돌아가자고 소리쳤지만, 앤은 좀더 연습하기를 원했다. 빗줄기는 점점 굵어지더니 이내 세차게 쏟아졌다. 불행의 순간은 아주 눈 깜짝할 사이에 일어났다. 앤도 포기하고 막 보트 위로 오르려던 참이었다. 순간 번쩍 하더니, 앤의 머리 위로 번개가 내리쳤다. 리사와 남자친구가 급히 응급실로 데려갔을 때는 이미 앤은 사망한 뒤였다.

앤의 장례식에 가족들은 화환 대신 미국 올림픽 육상팀 연구 프로그램에 기부해 줄 것을 당부했고 이것은 아마 앤이 원하는 것이리라고 생각했다. 앤의 코치 마이크 미틀스테드는 장례식에서 추모의 말을 했다.

"그녀는 세계적인 선수가 되겠다는 목표가 있었습니다. 그녀의 가장 큰 장점은 시합시 강인한 정신력입니다. 부상을 당했을 때도 그녀는 확실하게 자신감에 차 있었습니다. 그녀는 자신이 원하는 것을 잘 알고 있었죠. 앤은 비록 짧은 해를 살았지만, 정말 훌륭한 운동 선수였습니다. 저는 제가 그녀의 코치였던 것이 자랑스럽습니다."

뉴멕시코 주립대는 비록 그녀가 이 학교에 입학하지 않았지만, 뉴멕시코를 빛낸 훌륭한 여자 육상 선수로서 그녀가 죽은 다음해인 1980년 9월 12일, 앤 길리랜드 기념 달리기 대회를 개최했다.

Sports • Sportsline® 843-6111

Gilliland's Goal Was Comeback

By ED JOHNSON
Journal Sports Writer

It was raining the day Anne Gilliland decided to start her comeback.

A foot injury had slowed down her quest to become a member of the United States Olympic pentathlon team, but she was determined and confident she could come back.

Anne Gilliland, 19, was killed by lightning Saturday at El Vado Lake.

Olympic Hopeful Anne Gilliland, Who Was Struck and Killed by Lightning on El Vado Lake
"She Could Control Her Body Well in the Air, Which Helped Her in the High Jump"

존 베이커는 앤 길리랜드가 올림픽에 출전하는

가장 뛰어난 여성 운동선수가 될 것이라고 예상했었다.

그러나 앤은 비운의 선수가 되고 말았다.

31

에필로그

2008년 9월 21일, 일요일.

하늘에는 구름만 몇 점 떠 있을 뿐, 전형적인 앨버커키의 쾌청한 날씨였다. 달리기하기에는 더없이 좋은 날씨였다.

샌디아 산 아래에 위치한 아카데미 고등학교는 앨버커키에서 가장 넓은 교정을 가진 학교였다. 이날 아카데미 고등학교의 야외 트랙에는 오전부터 속속 사람들이 모여들기 시작했다. 숏팬츠 차림의 그들은 남자와 여자, 어린 아이부터 나이 지긋한 중년까지 다양했다. 해마다 열리는 존 베이커 기념 달리기 대회였다.

흔한 현수막도 없이, 요란한 음악도 없이, 한쪽에 세워진 '존 베이커 기념 달리기 대회'라는 패널이 아니라면 행사가 열리는지도 모를 정도였다. 그러나 사람들이 속속 모여들고, 나이도 성별도 인종도 다양한 사람들 사이에서 어딘지 모르게 끈끈한 유대감이 느껴졌다. 그것은 바로 '존 베이커를 추억하는 마음'이었다.

10마일(약16킬로) 달리기와 5마일 걷기대회에 참가한 100여 명의 참가자들이 출발선에 섰다. 여느 달리기 대회에서 느껴지는 긴장감이나 승부욕 같은 것은 찾아볼 수 없었다. 그들은 출발선에 정렬하면서도 서로 악수를 나누고, 얘기를 나누는 등 야유회에 온 사람들 같았다. 아들을 데리고 온 엄마도 있었고, 중년의 부부가 함께 참석하기도 했다.

출발 신호를 알리는 호루라기가 울렸다. 대회의 출발 신호를 알린 사람은 휠체어를 탄 중년의 남자였다. 그는 바로 존 베이커의 '공식출발 신호원'이었던 바비였다! 40년 전의 임무를 아직도 수행하고 있는

'존 베이커 기념 달리기 대회'를 알리는 패널

것이다. 그리고 '공식 장비관리자' 였던 빌리의 모습도 보였다. 빌리는 존 베이커와 함께 소프트볼을 지도했던 것이 계기가 되어, 성인이 된 후에도 소프트볼 코치를 직업으로 갖게 되었다.

이날의 행사에는 예전의 '듀크시의 질주자들' 도 많이 참석했다. 다른 지역으로 이사간 사람들도 일부러 시간을 내어 찾아왔다. 베이커 가족 중에는 존의 여동생 질이 참석했고, 로날드의 모습도 보였다. 존의 도움이 없었다면 중학교를 졸업하지 못할 뻔했던 로날드였지만, 지금 그는 청소년 상담을 주로 하는 변호사가 되어 있었다.

할랜드와 존의 여동생 질의 모습이 보인다.

그날의 대회는 존 할랜드가 총지휘를 맡았다. 할랜드는 60대 중반의 나이에도 여전히 건장한 몸을 갖고 있었고, 예전에 아이들을 긴장시켰던 카리스마 넘치는 눈빛은 이제 자상한 할아버지의 눈빛으로 변해 있었다.

할랜드는 아직까지 초등학교에서 체육선생님으로 재직하고 있었는데, 곧 정년퇴임을 앞두고 있었다. 할랜드는 유쾌하게 대회를 진행했다. 1등으로 들어온 중년의 남자는 할랜드를 "존!"이라고 친숙하게 불렀다. 그 역시 할랜드가 코치했던 '듀크시의 질주자들' 일원이었던 것이다.

초등학교 4학년인 존 베이커가 전학왔을 때부터 가장 친했고, 존이 고등학교 육상팀에 들어가도록 도와주었던 할랜드였지만 그에게도 역시 존 베이커는 인생의 큰 부분을 차지한 친구였다.

존 베이커 기념관 앞에
세워진 기념비

할랜드는 대회가 끝난 후 존과 자신의 모교인 뉴멕시코 주립대학 트랙 경기장을 찾았다. 존 베이커 기념관 건물 앞에 세워진 기념비에는 성경의 한 구절(디모네후서4:6-7)이 씌어져 있었다.

The Time of My departure has come,
I have fought the good fight,
I have finished the race.

내가 세상을 떠날 때가 왔습니다.
나는 훌륭하게 싸웠고
달릴 길을 다 달렸습니다.

존 베이커의 삶을 한마디로 말해주는 듯했다. 인생은 하나의 경주이다. 죽음을 향해 달려가는 경주이자, 살아 있는 동안 치열하게 치러야 할 경주인 것이다. 주어진 삶이 어떻든 최선을 다해야만 하는 경주….

샌디아 산에서 통증으로 쓰러지기 직전에 누른 초시계가 존 베이커에게는 죽음과 싸우는 마지막 경기였다. 그는 생의 마지막 질주를 최선을 다해 마쳤다.

그는 남은 시간이 얼마인지 모르는 상황에서도 자신의 인생을 다른 사람, 특히 그의 아이들에게 헌신했다. 유머와 따뜻한 마음을 잃지 않았으며, 언제나 미소를 잃지 않았다. 삶을 사랑했고, 그를 아는 사람들에게 삶의 의미를 주었던 아름다운 청년 존 베이커. 단지 26년밖에 살지 않았던 그는 누구보다도 아이들을 위해 헌신했다.

그는 유명한 스포츠 스타도 아니었고, 위대한 교육자도 아니었다. 그는 한 인간이 얼마나 고귀하게 살아갈 수 있는가를 보여준 휴머니스트였다. 그는 언제나 아이들에게 말했다. "우리가 서로를 사랑하고 격려하며 최선을 다할 때, 우리 모두가 챔피언이다."

책을 쓰고나서

미국 뉴멕시코 주립대에서 박사과정에 유학중이던 2007년 한 해 동안, 나는 뉴멕시코 주 한인회 사무국장과 〈코리안 저널〉의 편집장을 맡은 적이 있었다. 〈코리안 저널〉의 창간호로 뉴멕시코 주의 유명 여류 화가 조지아 오키프를 소개하고, 다음 호에는 어떤 인물을 다루어야 할지 고심중에 있었다.

그러던 중 1998년부터 운영해 오던 홈페이지(health-diet.co.kr)에 '40대 신사'라는 닉네임의 회원께서 존 베이커에 대한 글을 올리면서 앨버커키에 있는 존 베이커 초등학교에 방문해 보기를 추천했다. 알고 보니, 나의 사무실 아래층 복도에는 뉴멕시코 주립대 출신 유명 운동선수들 사진이 걸려 있었는데, 그 중에서도 평소 나의 눈길을 끌던 선수가 바로 존 베이커였다. 그에 대한 책을 쓰려고 복도를 오갈 적마다 나의 마음을 끌었던 것일까?

존 베이커는 올림픽을 준비했던 전도유망한 1마일 육상선수이자 초등학교 체육선생님이었다. 그는 갑작스러운 말기 암 선고를 받고도 삶을 포기하지 않고 더욱더 그의 아이들에게 헌신한 훌륭한 교육자였다. 뉴멕시코 주립대의 까마득한 후배로서, 더구나 체육 전공자의 한 사람으로서 그의 삶은 나에게 감동을 주었다. 나는 그의 감동적인 이야기를 한국에 소개해야겠다고 생각하고 블로그와 홈페이지에 존 베이커에 관한 칼럼을 올렸다. 인연이 되려고 했을까.

홈페이지의 단골 회원이던 사과나무 출판사 편집장이 칼럼을 보고 존 베이커 스토리를 책으로 쓰자고 의뢰해 왔다. 나는 학교에서 미 육군 지원 환경운동생리 관련 프로젝트 연구자로서, 수업 조교로서, 졸업논문 준비에다 미국 대학교수 임용 지원을 준비하던 중이라 눈코 뜰새 없이 바빠서 망설이지 않을 수 없었다.

시간을 낼 수 없어 거의 포기하고 있던 중, 학교 체육관에서 평소 운동을 가르치던 도서관 직원에게 존 베이커 얘기를 꺼내자, 학교 리서치센터에 자료가 많이 있을 거라는 얘기를 들었다. 귀가 솔깃했다. 게다가 존 베이커의 초등학교가 내가 사는 앨버커키에 있으니 그곳에도 그에 대한 자료가 있다는 것도 알게 되었다. 게다가 나의 절친한 미국인 친구 아내가 '듀크시의 질주자들' 일원이었는데, 그녀도 기억하는 것이 꽤 많다고 하잖은가. 어느새 나는 존 베이커에게 마음을 뺏겨가고 있었다. 출판사의 압박성(?) 격려도 있고 해서 하루에 1시간 정도씩만 투자하기로 하고 자료 수집에 나섰다.

뉴멕시코 주립대는 리서치 중심 대학이다. 다행히 뉴멕시코 주립대학교 남서부 지역 연구센터에서 두 박스 분량의 존 베이커의 자료를 찾아냈을 땐, 금맥을 찾아낸 광부의 심정이었다. 나는 존 베이커와 같은 학교, 같은 학과 출신이고, 운동분야 전공이고 이미 십여 편의 논문들을 출판해 본 경험이 있어서 자료를 찾고 정리해서 쓰는 것은 그다지 어렵지 않았다.

주말이면 존 베이커의 흔적이 있는 곳이라면 가족들과 함께 가서 사진도 찍고 취재를 했다. 책 쓰는 동안 아이들과 존 베이커에 대한 얘기를 얼마나 많이 했던지, 아침에 아이들이 일어나지 않을 때 내가 "존 베이커가 뭐라고 했지?" 라고 하면, 두 아들은(세째는 아직 한

'존 베이커 기념 달리기 대회'에 참석한 존 할랜드와 저자.
할랜드는 60이 넘은 나이에도 여전히 거구였다.

살밖에 안 되어 말을 잘 못한다) "Don't give up, don't quit, and do your best(포기하지 마, 중간에 그만두지 마, 최선을 다해)" 하면서 벌떡 일어난다.

처음엔 논문 쓰듯이 쿨하게 시작한 작업이, 점점 나를 감정적으로 흔들어 놓았다. 존 베이커에 대한 자료를 읽을 때도 글을 쓸 때도 나는 항상 휴지를 옆에 두고 있어야 했다. 도서관에서 학부모들이 존 베이커에게 보낸 감사 편지를 읽다가 훌쩍이는 바람에 다른 사람들이 이상하게 쳐다보기도 했다. 내가 읽었던 감동을 제대로 한국의 독자들에게 전달할 수 있을까 걱정되기도 했다.

존 베이커는 우연히도 내가 태어난 해인 1970년에 죽었다. 그러나 그의 정신은 '존의 아이들'을 통해서, 또 그를 기억하는 많은 사람들을 통해서 아직도 살아 있다. 나는 이 책을 통해 한국에 존 베이커의 아름다운 영혼을 소개하게 된 것이 너무나 기쁘다. 폴리 베이커가 그랬던 것처럼 나도 존 베이커의 전도사가 된 걸까.

나는 앞으로 학생들을 가르치는 직업을 갖게 될 것이다. 그런 나에게, 존 베이커는 중요한 교육철학을 심어주었다. 앞으로 나는 학생들에게 최선을 다하고 그들의 잠재력을 발휘하도록 최선을 요구할 것이다. 학생들과 주위 사람들에게는 나로 하여금 존 베이커의 철학을 실천할 수 있도록 요청할 것이다. 최선을 다하도록 가르침으로써 나의 학생들에겐 패자가 없도록 할 것이다.

지금 세계를 휩쓴 경제위기로 인해 미국은 물론 나의 조국 대한민

국도 어려움에 처해 있다. 이런 때에 존 베이커의 말대로 '서로가 격려하고 최선을 다한다면, 우리 모두가 챔피언'이지 않을까. 이 책이 한국의 독자들에게 작은 위안이 되기를 바란다.

2008년 12월, 뉴멕시코 주 앨버커키에서

권영섭

존 베이커 약력

1944년 6월 29일	폴리와 잭의 작은 영웅으로 출생
1953년	부모 잭과 폴리는 아이들을 위해 앨버커키로 정착
1960년 11월 12일	앨버커키 초청 크로스컨트리 2.4마일 11:48초로 만자노 고등학교대표로 우승
1961년	10번의 육상 경기 중 7경기를 우승, 크로스컨트리는 7경기 모두 우승. 이때부터 '무적의 존'이라는 별명을 가짐
1962년	대학교 1학년 11경기에서 6경기를 우승. 그 중 5경기는 1마일 경주
1964년	WAC track and field championship 1마일 우승(4분 12초 3)
1964년	크로스컨트리 WAC track and field championship 우승(16분 16초 7)
1965년	11번의 경기에서 6번 우승
1966년	존의 마지막 대학선수생활. WAC track and field championship 우승(4분 09초 5)
1966년	군의관이 존의 고환에서 결절을 발견했으나 무시함
1967년	도쿄올림픽 5000미터 금메달리스트 밥 스컬의 캘리포니아 오클랜드의 아테네 선수 클럽 밑에서 트레이닝을 시작
1967년 여름	'듀크시의 질주자Duke City Dashers, DCD' 클럽은 뉴멕시코 아마추어 선수 연합의 하나로 시작
1968년 2월	오클랜드에서 열린 국내 아마추어선수연합 실내 1마일 트랙 경기에서 4분 03기록. 밥 스컬이 "존은 올림픽에 출전할 선수"라고 선언
1968년 가을	에스펜 초등학교 코치 겸 체육교사로 계약. 존 할랜드 '듀크시의 질주자들' 클럽에 자신의 학교 학생들을 가입시킴

1969년	존 베이커가 '듀크시의 질주자' 클럽에 에스펜 초등학교 학생들을 가입시키면서 전국대회 인가를 받음
1969년	1마일 4분 0초 05 기록. 당시 4분대 벽을 깬 선수들과 겨뤄 모두 우승. 2번의 서부선수연합 아웃도어 1마일 챔피언. 한 번의 서부선수연합 크로스컨트리 대회 우승을 비롯해 46개의 타이틀
1969년 5월 26일	뮌헨올림픽에 대비한 연습중에 쓰러짐. 고환암 진단
1969년 6월 2일	왼쪽 고환수술
1969년 6월 17일	복강 절개수술
1969년 6월 24일	에스펜 초등학교 계약 연장 서명. 전염병 여부만을 요구한 계약서에 사인
1970년 10월 24일	피닉스에서 열린 크로스컨트리 대회에 쓰러져 학부모들이 720킬로를 운전해 닥터 존슨 병원으로 데려옴
1970년 10월 28일	에스펜 초등학교에서 아이들 앞에서 쓰러짐
1970년 11월 23일	극심한 통증으로 병원으로 이송
1970년 11월 26일	진정한 영웅으로 사망
1971년 5월 16일	존베이커 초등학교로 개명
1973년 2월	스테파니 킬 1마일 크로스컨트리에서 첫우승
1975년	윌리엄 뷰케넌이 〈리더스 다이제스트〉에 기고한 글 '존 베이커의 마지막 경주'는 20만부가 재판 발행됨. 〈리더스 다이제스트〉 60년 역사상 가장 많은 재판 기록
1975년	브리암영 대학에서 제작한 존 베이커의 교육영화가 세계 곳곳의 학교, 대학교, 교회, 죽음에 관한 세미나, 암 클리닉 등에 교육용으로 쓰임
1977년	존 베이커의 교육영화가 미국 산업영화 축제의 촬영상 금메달을 수상
1967년~1981년	'듀크시의 질주자들'은 40번의 개인과 단체전 우승
1978년 11월 3일	존 베이커의 다큐멘터리 영화 〈샤이닝 시즌〉을 앨버커키에서 촬영. '듀크시의 질주자들'이 특별출연
1978년	폴리는 샌디아 추모공원에 있던 존의 묘를 많은 사람들이 그를 찾을 수 있도록 천국의 문Gate of Heaven 공원묘지로 옮김

1979년 6월 23일	앨버커키 시 '존 베이커의 날'로 제정
1979년	CBS TV에서 〈샤이닝 시즌〉 방영. 콜롬비아 영화사에 의해 앨버커키에서 첫 번째로 방영되고, 12월 26일 전국방송으로(채널 13)으로 방송
1979년 11월 7일	존베이커 초등학교의 베타 머서 교장, 존 베이커를 앨버커키 명예의 전당에 추천
1980년 4월 10일	19번째로 앨버커키 명예의 전당에 입회

참고문헌

1958 Methodist family of the year nomination, 1 January 1958, John Baker Papers (box 1, folder 1), Center for Southwest Research, University Libraries, University of New Mexico.

1985 New Mexico Special Olympics Tribute to Jack and Polly Baker, John Baker Papers (box 1, folder 1), Center for Southwest Research, University Libraries, University of New Mexico.

Duke City Dashers, 1970-1983, John Baker Papers (box 1, folder 1), Center for Southwest Research, University Libraries, University of New Mexico.

Articles concerning Dashers and Track Meet Results, John Baker Papers (box 1, folder 1), Center for Southwest Research, University Libraries, University of New Mexico.

List of Dasher Coaches, John Baker Papers (box 1, folder 2), Center for Southwest Research, University Libraries, University of New Mexico.

Dasher mottos, John Baker Papers (box 1, folder 2), Center for Southwest Research, University Libraries, University of New Mexico.

History of the Dashers, John Baker Papers (box 1, folder 2), Center for Southwest Research, University Libraries, University of New Mexico.

Nominations for Dasher Officers, John Baker Papers (box 1, folder 2), Center for Southwest Research, University Libraries, University of New Mexico.

By-Laws of the Dashers, John Baker Papers (box 1, folder 2), Center for Southwest Research, University Libraries, University of New Mexico.

Track meet programs, John Baker Papers (box 1, folder 2), Center for Southwest Research, University Libraries, University of New Mexico.

Duke City Dashers--Album, 1970, John Baker Papers (box 1, folder 2), Center for Southwest Research, University Libraries, University of New Mexico.

Duke City Dashers--Album, 1971, John Baker Papers (box 1, folder 3), Center for Southwest Research, University Libraries, University of New Mexico.

Duke City Dashers--Stephanie Keel, 1978-1979, John Baker Papers (box 1, folder 4), Center for Southwest Research, University Libraries, University of New Mexico.

Records set by Stephanie Keel, John Baker Papers (box 1, folder4), Center for Southwest Research, University Libraries, University of New Mexico.

Presentation of "John Baker's Last Race" (Stephanie Keel, Speaker), John Baker Papers (box 1, folder 5), Center for Southwest Research, University Libraries, University of New Mexico.

Articles concerning Stephanie Keel, John Baker Papers (box 1, folder 5), Center for Southwest Research, University Libraries, University of New Mexico.

Paper by Stephanie Keel , John Baker Papers (box 1, folder 5), Center for Southwest Research, University Libraries, University of New Mexico.

John Baker--Albuquerque Sports Hall of Fame, 1975-1980, John Baker Papers (box 1, folder 5), Center for Southwest Research, University Libraries, University of New Mexico.

Articles concerning Baker nomination to Albuquerque Sports Hall of Fame, John Baker Papers (box 1, folder 5), Center for Southwest Research, University Libraries, University of New Mexico.

Programs for Albuquerque Sports Hall of Fame Banquet , John Baker Papers (box 1, folder 6), Center for Southwest Research, University Libraries, University of New

Mexico.

"John Baker", speech by Stephanie Keel, John Baker Papers (box 1, folder 6), Center for Southwest Research, University Libraries, University of New Mexico.

John Baker--Articles, 1963-1985, John Baker Papers (box 1, folder 6), Center for Southwest Research, University Libraries, University of New Mexico.

John Baker--Assorted Photographs and Articles--Album, John Baker Papers (box 1, folder 7), Center for Southwest Research, University Libraries, University of New Mexico.

Nomination and induction into Albuquerque Sports Hall of Fame, John Baker Papers (box 1, folder 9), Center for Southwest Research, University Libraries, University of New Mexico.

John Baker--High School Junior--Album, John Baker Papers (box 1, folder 9), Center for Southwest Research, University Libraries, University of New Mexico.

John Baker--High School Senior--Album , John Baker Papers (box 1, folder 10), Center for Southwest Research, University Libraries, University of New Mexico.

John Baker Elementary School, 1971-1984, John Baker Papers (box 1, folder 12), Center for Southwest Research, University Libraries, University of New Mexico.

"Coach Baker--A Great Man to Know", John Baker Papers (box 1, folder 12), Center for Southwest Research, University Libraries, University of New Mexico.

Aspen Elementary School name changed to John Baker, John Baker Papers (box 1, folder 13), Center for Southwest Research, University Libraries, University of New Mexico.

Dedication Program, John Baker Papers (box 1, folder 13), Center for Southwest Research, University Libraries, University of New Mexico.

"John Baker Story", John Baker Papers (box 1, folder 13), Center for Southwest Research, University Libraries, University of New Mexico.

Miscellaneous articles concerning Baker Elementary School, John Baker Papers (box 1, folder 13), Center for Southwest Research, University Libraries, University of New Mexico.

John Baker Elementary School--John Baker Jog-a-Thon, 1981-1984, John Baker Papers (box 1, folder 13), Center for Southwest Research, University Libraries, University of New Mexico.

John Baker Elementary School Newsletter, John Baker Papers (box 1, folder 14), Center for Southwest Research, University Libraries, University of New Mexico.

John Baker Memorial Scholarship, 1971-1972, John Baker Papers (box 1, folder 216), Center for Southwest Research, University Libraries, University of New Mexico.

John Baker Memorial Warm-Up Lounge, 1980-1985, John Baker Papers (box 1, folder 17), Center for Southwest Research, University Libraries, University of New Mexico.

Letter from Marc Simmons to Athletic Department, John Baker Papers (box 1, folder 17), Center for Southwest Research, University Libraries, University of New Mexico.

Summary of progress on track and field facility to be named for Baker , John Baker Papers (box 1, folder 18), Center for Southwest Research, University Libraries, University of New Mexico.

John Baker's Last Race (Film), 1976-1982, John Baker Papers (box 1, folder 18), Center for Southwest Research, University Libraries, University of New Mexico.

John Baker--"John Baker's Last Race" (Reader's Digest) 1975-1977, John Baker Papers (box 1, folder 19), Center for Southwest Research, University Libraries, University of New Mexico.

Copies of Reader's Digest article, John Baker Papers (box 1, folder 19), Center for Southwest Research, University Libraries, University of New Mexico.

Articles concerning "John Baker's Last Race", John Baker Papers (box 1, folder 20), Center for Southwest Research, University Libraries, University of New Mexico.

John Baker--Miscellaneous, 1963-1986, John Baker Papers (box 1, folder 20), Center for Southwest Research, University Libraries, University of New Mexico.

"Race to the Death", poem, John Baker Papers (box 1, folder 20), Center for Southwest Research, University Libraries, University of New Mexico.

"John Baker" by Jeanne Kroker, John Baker Papers (box 1, folder 21), Center for Southwest Research, University Libraries, University of New Mexico.

Various articles, John Baker Papers (box 1, folder 21), Center for Southwest Research, University Libraries, University of New Mexico.

"Memories" (History of United Methodist Church in Albuquerque), John Baker Papers (box 1, folder 21), Center for Southwest Research, University Libraries, University of New Mexico.

John Baker--Photographs, John Baker Papers (box 1, folder 23), Center for Southwest Research, University Libraries, University of New Mexico.

John Baker--Track Meet Programs, 1963-1966, John Baker Papers (box 1, folder 24), Center for Southwest Research, University Libraries, University of New Mexico.

John Baker--Track Meet Results, 1960-1970, John Baker Papers (box 1, folder 25), Center for Southwest Research, University Libraries, University of New Mexico.

High School track meet results, John Baker Papers (box 1, folder 25), Center for Southwest Research, University Libraries, University of New Mexico.

College track meet results, John Baker Papers (box 1, folder 26), Center for

Southwest Research, University Libraries, University of New Mexico.

John Baker--Tributes, 1970-1984, John Baker Papers (box 1, folder 26), Center for Southwest Research, University Libraries, University of New Mexico.

Proclamations of John Baker Day, John Baker Papers (box 1, folder 27), Center for Southwest Research, University Libraries, University of New Mexico.

Summary of memorials and recognitions to John Baker, John Baker Papers (box 1, folder 27), Center for Southwest Research, University Libraries, University of New Mexico.

John Baker--UNM Freshman--Album, John Baker Papers (box 1, folder 27), Center for Southwest Research, University Libraries, University of New Mexico.

John Baker--UNM '64--Album, John Baker Papers (box 1, folder 28), Center for Southwest Research, University Libraries, University of New Mexico.

John Baker--UNM '64 and '65--Album, John Baker Papers (box 1, folder 29), Center for Southwest Research, University Libraries, University of New Mexico.

John Baker--UNM '66--Album, John Baker Papers (box 1, folder 30), Center for Southwest Research, University Libraries, University of New Mexico.

Marc Simmons--Albuquerque: A Narrative History, 1980-1985, John Baker Papers (box 1, folder 31), Center for Southwest Research, University Libraries, University of New Mexico.

Speech by Polly Baker (mentions Albuquerque), John Baker Papers (box 1, folder 32), Center for Southwest Research, University Libraries, University of New Mexico.

Articles on Marc Simmons and Albuquerque, John Baker Papers (box 1, folder 32), Center for Southwest Research, University Libraries, University of New Mexico.

Letter to Polly Baker, John Baker Papers (box 1, folder 32), Center for Southwest Research, University Libraries, University of New Mexico.

Articles by Simmons on John Baker, John Baker Papers (box 1, folder 32), Center for Southwest Research, University Libraries, University of New Mexico.

Polly Baker--Articles, 1979-1985, John Baker Papers (box 1, folder 32), Center for Southwest Research, University Libraries, University of New Mexico.

Biographical sketch of Polly Baker, John Baker Papers (box 1, folder 32), Center for Southwest Research, University Libraries, University of New Mexico.

Articles concerning Polly and John Baker and Special Olympics, John Baker Papers (box 2, folder 1), Center for Southwest Research, University Libraries, University of New Mexico.

Polly Baker--Presentations, 1977-1982, John Baker Papers (box 2, folder 1), Center for Southwest Research, University Libraries, University of New Mexico.

Shining Season, 1976-1984, John Baker Papers (box 2, folder 3), Center for Southwest Research, University Libraries, University of New Mexico.

List of questions for Polly, John Baker Papers (box 2, folder 4), Center for Southwest Research, University Libraries, University of New Mexico.

"Shining Season" (Film), 1978-1983, John Baker Papers (box 2, folder 4), Center for Southwest Research, University Libraries, University of New Mexico.

Articles concerning film and filming, John Baker Papers (box 2, folder 4), Center for Southwest Research, University Libraries, University of New Mexico.

World premiere program, John Baker Papers (box 2, folder 5), Center for Southwest Research, University Libraries, University of New Mexico.

Viewer's guide to "Shining Season", John Baker Papers (box 2, folder 5), Center for

Southwest Research, University Libraries, University of New Mexico.

Shining Season--Notes for book?, No Date, John Baker Papers (box 2, folder 6), Center for Southwest Research, University Libraries, University of New Mexico.

"Shining Season"--Script, John Baker Papers (box 2, folder 7), Center for Southwest Research, University Libraries, University of New Mexico.

Shining Season--William Buchanan (Author), 1978, John Baker Papers (box 2, folder 8), Center for Southwest Research, University Libraries, University of New Mexico.

Letters and Cards, 1963-1969, John Baker Papers (box 2, folder 9), Center for Southwest Research, University Libraries, University of New Mexico.

Letters and Cards, January-September, 1970, John Baker Papers (box 2, folder 10), Center for Southwest Research, University Libraries, University of New Mexico.

Letter to John (praise from parent of student), John Baker Papers (box 2, folder 10), Center for Southwest Research, University Libraries, University of New Mexico.

Letter by John (Duke City Dasher policy), John Baker Papers (box 2, folder 11), Center for Southwest Research, University Libraries, University of New Mexico.

Letters and Cards, November-December, 1970, John Baker Papers (box 2, folder 11), Center for Southwest Research, University Libraries, University of New Mexico.

Letter to parents from Aspen Elementary concerning John's illness, John Baker Papers (box 2, folder 11), Center for Southwest Research, University Libraries, University of New Mexico.

Sympathy cards and letters at John's death, John Baker Papers (box 2, folder 12), Center for Southwest Research, University Libraries, University of New Mexico.

Letters, January-April, 1971, John Baker Papers (box 2, folder 12), Center for

Southwest Research, University Libraries, University of New Mexico.

Renaming of Aspen Elementary to John Baker Elementary, John Baker Papers (box 2, folder 13), Center for Southwest Research, University Libraries, University of New Mexico.

Letters, July 1975-August, 1976, John Baker Papers (box 2, folder 13), Center for Southwest Research, University Libraries, University of New Mexico.

Letters from people who read "John Baker's Last Race" in Reader's Digest , John Baker Papers (box 2, folder 13), Center for Southwest Research, University Libraries, University of New Mexico.

Submission of John Baker's name as nominee for Albuquerque Sports Hall of Fame, John Baker Papers (box 2, folder 14), Center for Southwest Research, University Libraries, University of New Mexico.

Letters, November 1976-May 1977, John Baker Papers (box 2, folder 14), Center for Southwest Research, University Libraries, University of New Mexico.

Letter from person who saw "John Baker's Last Race", John Baker Papers (box 2, folder 15), Center for Southwest Research, University Libraries, University of New Mexico.

Thank you note for allowing "Last Race" to be shown, John Baker Papers (box 2, folder 15), Center for Southwest Research, University Libraries, University of New Mexico.

Letter concerning showing of "Last Race" in USSR, John Baker Papers (box 2, folder 16), Center for Southwest Research, University Libraries, University of New Mexico.

Letter from family member who read "Last Race" article, John Baker Papers (box 2, folder 16), Center for Southwest Research, University Libraries, University of New Mexico.

Thank you note from American Cancer Society for presentation by Polly Baker, John Baker Papers (box 2, folder 16), Center for Southwest Research, University Libraries, University of New Mexico.

Letter concerning lyrics to song used in "Last Race" film , John Baker Papers (box 2, folder 16), Center for Southwest Research, University Libraries, University of New Mexico.

Letters, August-September, 1977, John Baker Papers (box 2, folder 16), Center for Southwest Research, University Libraries, University of New Mexico.

Submission of John Baker's name as nominee for Albuquerque Sports Hall of Fame , John Baker Papers (box 2, folder 16), Center for Southwest Research, University Libraries, University of New Mexico.

Award won by "Last Race" film (Silver Cindy Award) , John Baker Papers (box 2, folder 17), Center for Southwest Research, University Libraries, University of New Mexico.

Award won by "Last Race" film (Chris Award) , John Baker Papers (box 2, folder 17), Center for Southwest Research, University Libraries, University of New Mexico.

Letters, November-December, 1977, John Baker Papers (box 2, folder 17), Center for Southwest Research, University Libraries, University of New Mexico.

Memo from W. Buchanan to Polly Baker concerning Shining Season, John Baker Papers (box 2, folder 18), Center for Southwest Research, University Libraries, University of New Mexico.

Note from W. Buchana to Polly Baker requesting information of J. Baker School , John Baker Papers (box 2, folder 19), Center for Southwest Research, University Libraries, University of New Mexico.

Letter with additional information for file of John Baker as nominee for Albuquerque Sports Hall of Fame, John Baker Papers (box 2, folder 20), Center for

Southwest Research, University Libraries, University of New Mexico.

Submission of John Baker's name as nominee for Albuquerque Sports Hall of Fame, John Baker Papers (box 2, folder 20), Center for Southwest Research, University Libraries, University of New Mexico.

Letter, October-December, 1978, John Baker Papers (box 2, folder 20), Center for Southwest Research, University Libraries, University of New Mexico.

Letters from people who read Shining Season, John Baker Papers (box 2, folder 21), Center for Southwest Research, University Libraries, University of New Mexico.

Letter concerning "John Baker's Last Race" (film), John Baker Papers (box 2, folder 21), Center for Southwest Research, University Libraries, University of New Mexico.

Letter concerning presentation and Stephanie Keel, John Baker Papers (box 2, folder 21), Center for Southwest Research, University Libraries, University of New Mexico.

Letter concerning John Baker, John Baker Papers (box 2, folder 21), Center for Southwest Research, University Libraries, University of New Mexico.

Letters, January-March, 1979, John Baker Papers (box 2, folder 21), Center for Southwest Research, University Libraries, University of New Mexico.

Letters from people who read Shining Season, John Baker Papers (box 2, folder 22), Center for Southwest Research, University Libraries, University of New Mexico.

Letters, May-July, 1979, John Baker Papers (box 2, folder 22), Center for Southwest Research, University Libraries, University of New Mexico.

Note concerning pamphlet of poems dedicated to John Baker, John Baker Papers (box 2, folder 23), Center for Southwest Research, University Libraries, University of New Mexico.

Proclamation of John Baker Day, John Baker Papers (box 2, folder 23), Center for Southwest Research, University Libraries, University of New Mexico.

Mailogram announcing induction of John Baker into Albuquerque Sports Hall of Fame, John Baker Papers (box 2, folder 24), Center for Southwest Research, University Libraries, University of New Mexico.

Letters from children who saw "Last Race" film, John Baker Papers (box 2, folder 25), Center for Southwest Research, University Libraries, University of New Mexico.

Letters, January, 1980, John Baker Papers (box 2, folder 26), Center for Southwest Research, University Libraries, University of New Mexico.

Letters from people who read Shining Season , John Baker Papers (box 2, folder 28), Center for Southwest Research, University Libraries, University of New Mexico.

Article about completed John Baker Memorial Warm-Up Lounge, John Baker Papers (box 2, folder 41), Center for Southwest Research, University Libraries, University of New Mexico.

"On Track for John Baker" benefit program donations to John Baker Memorial Warm-Up Lounge , John Baker Papers (box 2, folder 42), Center for Southwest Research, University Libraries, University of New Mexico.